公園へ行かないか？火曜日に

柴崎友香

新潮社

目次

写真　著者
装幀　新潮社装幀室

公園へ行かないか？　火曜日に

そろそろ同世代の我々が出会うべき時では？
破滅の淵で出会った同じ土地のよそ者同士として

ジャン＝リュック・ゴダール監督
映画『アワーミュージック』より

公園へ行かないか？　火曜日に

パークに行かない？　とウラディミルが聞いた。

火曜日に、ぼくたちはパークに行くのだけど、たぶん、ジャニンとユシと、他にも誰か。

WhatsAppという、日本でいうとＬＩＮＥに似たＳＮＳアプリで、作家のほとんどはやりとりをしていた。英語で、ここはアメリカのアイオワだった。

わたしは、わたしは行きます、と返信した。十三時に、と返ってきた。

どこのパークかな、と思ったけれど、わたしは聞き返す代わりにiPadでグーグルマップを見た。大学の周辺にパークは三つほどあった。

火曜日の午後一時に、ホテルのロビーにいたのは、ウラディミルとジャニンとユシとアマナだった。ルゴディールも、行くかも、と言っていたらしいのでしばらく待っていたけど、結局来なかった。ルゴディールは前にもそういうことがあった。来たこともあった。

　だから、ホテルを出発したのは午後一時十五分くらいだった。ロビーから、お昼を過ぎて閑散としたカフェテリアを抜けてテラスから川沿いの遊歩道に下りた。とてもいい天気だった。十月だった。

作家たちが泊まっているホテルは、アイオワ大学のほぼ真ん中、学生会館の建物とくっついている。築五十年くらいの煉瓦壁の建物で、その裏手をアイオワ川が流れている。川幅の広い、穏やかな流れで、芝生を歩いていくと水際まで下りられる。すぐそこにある水面は鏡のように静かだが、ときどき洪水が起こる。八年前にはホテルの建物も浸水して、地下のフロアが使えるようになったのはつい二年ほど前のことだと聞いた。

アイオワ川にかかる橋のたもとのブロックに、モルタダが腰掛けていた。イヤホンをつけたスマートフォンで誰かと話していた。アラビア語で、とても早口に聞こえるが、聞き慣れない言葉だからかもしれない。

なにしてるの?

誰かが聞いた。

どこに行く?

眩しそうに眉をしかめてモルタダが聞いた。

ぼくたちはパークに行くけどいっしょに行かない?

パーク? どこ?

あっちのほう、近くの。

モルタダは立ち上がって、ウラディミルたちのうしろについた。歩き出しても、モルタダは電話の向こうの誰かとの会話を続けていた。プログラムの参加者の中には、アラビア語が話せる人があと四人、イスラエルに住む三人とエジプトの一人がいるが、ここにはいなかった。ウラディミルはブルガリア人で、英語だけでなくロシア語やフランス語やポルトガル語の本も読めると言っていた。上海に住むジャニンは中国語。インドネシアから来たユシと、シンガポールから来たアマナには、二人に共通でわかる言葉があるようだったがそれが何語なのかわたしにはわからなかった。

わたしは、いちばんうしろを歩いていた。十月に入って、木々が急速に紅葉し、明るい黄色や深い赤に変わった葉を、写真に撮りたかった。つい二週間ほど前はまだ緑だったのに、蝉も鳴いていたのに、今はもう黄色い葉が遊歩道や芝生におちてそこらじゅうを覆い尽くしていた。モルタダはまだ、どこかの誰かと話している。電話のつながっている先が、アメリカなのかイラクなのか、それとも別の場所なんだろうか、とわたしは思う。今は、地球上のどこが朝でどこが夜だろう。

モルタダはよく橋の近くにいた。

まだ九月の初めのころに、朝食を食べて散歩に出ようとしたときにエレベーターで会ったこともあるし、川沿いの石を積んだ塀というか壁というか、そこに腕を載せて川を眺めて煙草を吸っている姿も何度か見かけた。エレベーターで会ったときは、モルタダも散歩に出かけるようだったから、橋までいっしょに歩いた。

日本にいたことがある、とモルタダは言った。ほんとに？　どうして？　と聞き返してから、前にも一度聞いたことがあるとわたしは思い出したが、そのまま質問を続けた。モルタダもすでに話したとそのとき気づいたようだったが、もう一度答えてくれた。

モルタダはエンジニアでもあって、石油関連の会社で働いていて、幕張に三か月いた、と言った。……にも行った、とモルタダは言ったが、日本の地名には聞こえない言葉だった。バーがいっぱいあって、人がたくさんいて……。シンジュク？　とわたしは言った。たぶんそれ、とモルタダは言った。

幕張には日本庭園があって毎日散歩していた、とも、モルタダは言った。わたしは幕張に日本庭園があるとは知らなかった。橋の手前でモルタダは、煙草を吸うから、と岸のほうへ歩いていった。わたしは橋を渡り、対岸の煉瓦造りの使われていない古い建物やシアターの前を通る道を歩いて、一つ北側の橋を渡って、銀色の校舎の前を通って戻ってきた。そのあと、iPhoneで検索して、日本庭園の名前は見浜園だと知って、モルタダに言おうと思ったが、川べりでモルタダを見かけることはなくなっていて、一か月経ったこのときもまだ言っていなかった。

モルタダは、いつのまにか電話を終わって、道に積もった落ち葉を散らしながらわたしの前を歩いていた。わたしは、写真を撮りたかった。落ちた葉は、とてもきれいだった。赤かったし、黄色かった。葉を拾いながら歩いた。もともと他の人よりも歩くのが遅いから、すぐに距離が開いた。

空は深い青だった。紅葉は進んだが、雲一つない遠い空から陽が強く射して、暑かった。

火曜日は毎週、スーパーマーケットに買い物に行く日で、オープンキッチンが使える日で、朗読や発表がない日だった。作家たちは車を運転してはいけないので、スタッフが運転する車に分乗して大きなマーケットに買い出しに行くのだ。毎週のように行く人もいたが、わたしはこの一か月行っていなかった。部屋には電子レンジと冷凍室のない冷蔵庫だけだったし、配られたお皿よりも狭い洗面台しかなかったから自炊は早々に諦めて、近くの店で買ってきたものを食べていた。

だから火曜日の朝はいつもならゆっくり過ごすのだが、わたしはその日の午前は、インターナショナル・ライティング・プログラム、ＩＷＰの一環ではなく、アイオワ大学の日本語翻訳クラスの授業に出ていた。九時からの一限目だったから、いつもより早起きして、シャツにジャケットを着ていた。いったんホテルの部屋に戻って着替えようと思っていたのだけど、その授業の先生で、このプログラムでのわたしの手続きや発表や翻訳やそのほかなんでも助けてもらっているケンダルさんとお昼を食べに行き、ダウンタウンの初めて入った二十くらい種類のあるサンドイッチの店で、日本語と英語の翻訳の話や、アメリカの大統領選挙や、翌日から行くことになっていたオレゴン大学のスケジュールについて話した。ちょうどその数日前から、トランプが、「grab the pussy」とか言っているビデオがテレビで何度も流れていて、あの言葉は日本語できちんと翻訳してしまうと下品さが伝わらないのでは、とそんな話もした。これでもうほんとうにトランプの勝利なんてないやろな、とわたしは思っていた。それまでも、ほかの作家たちといっしょにディベートの中継を見ても、スタッフや学生たちから大統領選に関する話を聞いても、わたしはトランプが大統領になることはないと思っていた。

とにかく、それで着替える時間がなく、わたしだけが朝の少し肌寒くなってきた気温に合わせたせいで厚着の、歩くには向いていない格好になっていた。日差しは強く、Ｔシャツ一枚でも、十分ならいだった。五分歩いただけで、汗が滲んできた。

川べりから崖のような坂を上ると、そこは毎週日曜日の夕方にホラー映画を観るクラスがある、デイ・ハウスという建物だった。

アイオワ大学には敷地の境界がない。アイオワシティのダウンタウン、中心部のお店が集まっている区画やフードコートのあるモールも大学の一部のようだったし、大学の施設や教室も町の中に点在していた。塀や柵の類いも、どこにもなかった。

ここに来る前に、『ガールズ』というアメリカの連続ドラマを見た。主人公がアイオワ大学のライターズ・ワークショップに入学するエピソードがあると聞いたからだった。文芸創作のコースであるライターズ・ワークショップは、ジョン・アーヴィングやレイモンド・カーヴァーなど有名作家が教えていた時期があったり、多くの作家を輩出していたりしてアメリカの作家志望者の間ではよく知られていて、ドラマのプロデューサーでもあるレナ・ダナムが演じる主人公にとっても、憧れのプログラムだった。広いキャンパスを自転車で移動して教室に行く場面があったが、着いた先はアメリカのちょっと昔のスタイルの木造一軒家で、暖炉がある部屋でディスカッションをしていた。なぜあんな部屋で授業をしているのかと気になっていたが、アイオワに来てみれば実際に、元は誰かの家だったところが教室になっているのだった。

デイ・ハウスはそのライターズ・ワークショップのある建物で、ドラマの中よりも大きな建物で、急な斜面側に新館が増築されていて、渓谷の小規模な旅館みたいだとわたしは感じた。その新館の地階の、木立の間から川面が見下ろせる部屋で、わたしとヴァージニアは毎週日曜日、ホラー映画を観るクラスに通っていた。

デイ・ハウスから道路を渡って斜め向かいの、白い板壁に白い窓のこぢんまりした家、シャンバウ・ハウスが、わたしたち外国の作家が参加するプログラムの建物だった。毎週金曜に、一階の暖炉の前で朗読があり、二階の図書室で大学院生との翻訳のワークショップがあり、三階にはプログラムを担当している先生たちの部屋があった。

坂を上りきり、シャンバウ・ハウスの横を通って、東へと歩く。道は、碁盤の目だ。大学のときの人文地理学の授業で、アメリカの町は地形よりも合理性を優先して作ったから、高低差のあるところに規則正しい目の網をかぶせたような形をしている、と習った。厳しい自然に理性が打ち勝つことができるという考え方だった。小さなアイオワシティの町もまさにその通りで、道は、突然急な坂になっても、まっすぐ伸び、直角に交差する。

店も大学の施設もなくなり、民家ばかりになった。アメリカ映画みたいだね、とプログラムが始まった当初、わたしは何人かの作家と言い合った。赤茶色の煉瓦の壁、水色に塗られた板壁、上下に開く窓、ドアにかかったリース、色の褪せた紫陽花、庭に置かれたバーベキューセット。ポーチにブランコが揺れている。ソファが置いてある。ときには学生たちが屋根の上で日焼けをしようとほとんど裸みたいな格好で転がっていた。

あの家が素敵、ビューティフル、と、何度もわたしたちは言った。前を、モルタダとアマナが歩いていた。話していた。会話は聞こえていたが、わたしにはモルタダの英語も、アマナの英語も聞き取るのが難しかった。三十七人いる参加者の中でいちばん英語ができないわたしは、話せる人が限られていた。発音が近いからなのか、文化的な背景を想像しやすいからなのか、韓国のチェウォンや上海のジャニンや香港のヴァージニアや台湾のコウファは話しやすかったが、もう少し南や西の国になると途端に難しかった。英語が公用語か、第一言語の人の英語も、難しかった。話し慣れているから速いし、その場所の英語になっているから、かなり響きが違った。しかし、わたしにはまったく別の言葉に聞こえる人同士でも、皆、支障なさそうに会話していたから、主にはわたしのヒアリング能力と語彙力の問題だった。帰国する間際になってやっと、みんながほかの誰もの話す英語を全て理解しているわけではない、とはわかったのだが。

アマナはモルタダに、イラクの戦争のことを聞いていた。モルタダが生まれたころは戦争中だったの？　わたしは、モルタダが何歳なのか知らなかった。アメリカでは、プロフィールにはまず年齢や生年は書かないし、学校を卒業した年も書いていない。モルタダは立派な鬚の貫禄のある顔だけどきっとわたしよりも年下なんだろう、とは思っていたが、このときうしろで、ところどころ聞き取れた言葉から推測すると、思ったよりもずっと若いようだった。アマナは、ヒジャブを被っていた。参加者の中で明確に宗教がわかるのは、アマナだけだった。あとは、ニューオーリンズに行く途中の空港で、ガリートが今日はジューイッシュの新年だからと歌を歌っていたくらい。

住宅の区画の外れまできた。すでに、三十分近く歩いていた。

公園って、どこにあるんだよ？　モルタダが言った。うん、わたしもそう思ってた、すぐ近くだと思ってた、五分ぐらいだと思ってた、わたしたちは、どこへ向かっているの？

もうすぐ、とジャニンが言った。もう少し歩けば、セメタリーがある。

セメタリー？　遠出をするときに車から見えていた、あの墓地のこと？　あんなに遠いの？

わたしは、iPhoneを取り出して、グーグルマップのアイコンをつついた。

「トモカはグーグルマップスだ」

ウラディミルとジャニンが言った。

グーグルマップ、と日本では言うが、正しい名前はグーグルマップ「ス」だ。（この国では？この国の人たちは？　ここで話されている言葉では？　わたしたちが共通の言葉として使っている英語では？）単数と複数は厳密に区別される。地球上の土地はつながっているから地図は一枚でも、航空写真や地形図など複数の種類の地図があるからマップスなのだろうか。

わたしはソフトバンクの「アメリカ放題」のおかげで、アメリカにいても追加料金なしで日本とまったく同じように iPhone が使えた。GPSもグーグルマップスも。だから、日本にいるときと同じように、しょっちゅうグーグルマップスを見て、自分の現在地や目的地や経路を確かめていた。そのことは、いっしょにいることの多かった作家たちはよく知っていた。道がわからないときは、友人たちはわたしに聞く。日本でも、アメリカでも、同じだった。

ジャニンが、液晶画面を覗き込む。ここ、と、黄緑色で表示された一角を指さす。

パークって、墓地のことだったのか。墓地のなかに広場みたいなところがあるのかな。黄緑色に塗られた区画はのっぺりと広がってて、道や建物らしきものはなさそうだった。

わたしたちは、墓地にたどり着いた。緩やかな丘になっていて、墓石が並んでいた。ところどころに、花が供えられていた。この向こう、とジャニンが言った。この向こうに、パークがある。道は見当たらなかった。わたしはグーグルマップスを拡大した。町外れは電波が悪く、細かいところはなかなか表示されなかった。背の高くない木と割れたブロックが並んでいるけもの道みたいなところを、わたしたちは上り始めた。途中で、うずくまっているカラスを見つけた。飛べないようだった。crow と raven は違う、と誰かが言い、どう違うのか、と他の誰かが言ったが、種類が違うことしかわたしにはわからなかった。

倉庫か車庫みたいな小屋の裏を抜け、木々の間を進むと、墓地に出た。さっきまでも墓地を歩いていたが、整然と同じ形の小さな墓石が並んでいたのとは対照的に、そこは、大きくなにかを象った「派手な」墓ばかりが集まる一角だった。墓石は、本の形だったり、十字架の形だったり、熊だったり、風船だったりした。真ん中に、ひときわ大きい墓があった。棺の形の黒い石の上に、女のブロンズ像が仰向けに横たわっている。女の上半身は少し浮き上がっていた。今にも起き上がりそうだった。

なんでこんな形にしたんだろう。生き返りそう。ゾンビ？　生まれ変わりたいんじゃないの？　ああそうか。悪趣味だ。わたしは生まれ変わりたくない。わたしたちは言い合った。reborn、という単語だったと思う。記憶の中では日本語に変換されたほうだけが残っていることが多く、ところどころは英語で覚えている。それを言った人の声で、覚えている。

大きな音を立てて、芝刈りマシーンに乗った男が丘に現れた。周りには刈られた芝が飛び散って緑の霧が発生し、植物と土のむせるようなにおいがした。ジャニンとウラディミルが、その男に何か聞きにいった。男が森の奥を指さすのが見えた。

森が始まるところに、鉄製のゲートがあった。それがパークへの入口だ、と戻ってきたジャニンとウラディミルは言った。

わたしは、電波状況が悪い中、なんとかグーグルマップスを拡大し、細い道が続いて、向こう側の広大な緑色の場所につながっていることを確かめた。そして、水の涸れた小川にかかった泥だらけの木の橋を渡り、森の中を進んだ。背の高い草が生え、見通しは悪かった。歩いても、歩いても、森は終わらない。川はないが、ぬかるみはある。二股に分かれた道があり、確証がないまま、わたしたちは少しだけ幅が広い方を進んだ。

ジャニンとわたしは話した。ホラー映画で順番に殺されていくパターンぽい。誰がいちばん先に殺されるキャラ？　うーん、わたしかな。ユシかウラディミルが最後まで残りそう。

ようやく森を抜けると、丘が広がっていた。うねる緑の地面に、蛇行した道が延び、とうもろこしが植えられた一角があった。とうもろこしはもう枯れて薄茶色だった。その向こうにまた森があった。右を見ても、左を見ても、丘がうねり、森があり、頭上には空が広がって、それだけだった。パークはあの森の向こうだ、とウラディミルが言い、わたしはその森へと続く道の長さを歩くと思っただけで疲労感に襲われた。

これは、わたしにとっては、パークではない。

近くを歩いていたユシに、わたしは言った。

じゃあなに？　……山。わたしが想像していたのは、さっきウラディミルが言っていたシテイ・パーク。日本でわたしの近くにあるパークは、もっと小さくて狭くて、バスケットボールのコートくらいの広さ。

わたしは、歩くしかなかったので、歩いた。ユシに、前に見たインドネシアのパンクバンドのドキュメンタリーのことを話してみたが、あまり通じなかった。喉が渇いてきたが、わたしは水も持っていなかった。日本のパークにはたいてい自動販売機があるが、このパークにはあるはずがなかった。

ガス・ヴァン・サントが監督した『ジェリー』という映画を思い出していた。互いにジェリーと呼び合う二人の若い男が、荒野を歩いているうちに砂漠に迷い込み、片方が死ぬ。セリフも説明もほとんどなく、ひたすら、だだっ広いアメリカの風景とさまよう二人の姿だけが映る。

丘を三つ越え、次の森の端で、皆で再びわたしのグーグルマップスを見た。わたしは、森を右へ抜ければ、道路があり、小学校があり、テイクアウトのピザ屋があるのを、歩いている間に確かめていた。そこにたどり着きさえすれば、わたしは助かる。死なないですむ。

こっちに行こう。わたしは言った。こっちに行けば、パークの外に出られる。

こっちに行くと、パークの外に出てしまう。と、ジャニンは言った。わたしはパークに行きたい。もっと、パークに行きたい。

わたしは出たい。パークの外に出て、このピザ屋でコーラを飲みたい。死にたくない。と、わたしは言わなかった。

こっち。

ジャニンとウラディミルが指さし、わたしたちは続いた。森の中は、ところどころぬかるんでいた。道はあるようなないような、という程度だった。歩いているところは道ではないかもしれなかった。それでもたまに、人に出会った。二人か、三人。彼らは、それぞれに犬を連れていた。なぜこんなところを一人で、犬は連れているとしても一人で、歩いているのか、わたしには理解できない。怖くないのだろうか。突然倒れて、あるいは何者かに襲われて、誰にも見つけてもらえずに死ぬかもしれないと不安にならないのだろうか。

途中で、大きな木が倒れていた。腐ったのか、落雷かなにかか、わからない。その前で、一人ずつ写真を撮った。モルタダが撮ってくれた。モルタダは、映画も撮るし、写真もとても上手だし、漫画も描く。最後にモルタダが木に座って、それはウラディミルが写真に撮った。ウラディミルも、映画やドラマの脚本を書いていて、映像や写真が好きだった。ＥＯＳを使っていた。モルタダの一眼レフカメラがなんだったかは、忘れてしまった。

煙草をやめた、とモルタダが言った。いつ？　一か月くらい前。おめでとう。おめでとう。おめでとう。全員が言った。Congratulations!　これも必ず複数形。

だから最近は朝、川べりでモルタダを見かけなくなっていたのか、とわたしはわかってうれしかった。

森を抜けると、巨大な斜面に出た。スキー場のような、なだらかでのっぺりとした緑の原。どこまで続いているのか、終わりは見えなかった。高くなっているところの先には、空しかなかった。

野原の真ん中に、干し草をロール状にしたものが何十個も並べてあった。牛も羊も馬もいないのにいつどこでどうやって使うためなのか、直径二メートルはある円柱が、横向きにきっちりと配置されていた。

わたしは作家になる前に産業機械の会社で働いていてそのときにこの種の機械を調べたことがある。干し草を圧縮して、ラッピングする。これはビニールのロープだけど、わたしが調べていたのはシート状のビニールで覆うタイプ。なんの会社って？　インダストリアル、ビッグマシーン、フォー、プラント。ふーん。

わたしたちは、自分たちの背よりもかなり高い干し草によじ登って、また写真を撮った。モルタダとウラディミルが位置を指定して、いくつものバージョンを撮った。スマートフォンで撮った画像は、その場でWhatsAppにアップロードした。どこにいるの？　誰かから返信があった。パークにいるよ。パークってどこの？　アイオワシティのパーク。

わたしは干し草から離れ、森を眺めていた。あの向こうに抜ければ、スーパーマーケットがある。わたしたちが毎週行くスーパーマーケットの別の支店。あそこに行けば、飲み物も食べ物もたくさんある。一ガロン入りの牛乳とオレンジジュースが大量に売られている。

ああっ、と甲高い叫び声が聞こえた。振り返ると、アマナが干し草から落ちて地面に転がっていた。

あっちに行けば、出られる。

出られる？　出るのじゃない。わたしはパークに行きたい。

わたしとジャニンは、また同じやりとりを繰り返した。わたしは疲れたから帰りたいとは言わなかった。一人で歩くことはできなかった。

わたしは帰りたかった。翌日は、朝の四時に出発だった。アイオワからオレゴン大学へ、二度も飛行機を乗り継がなくてはならない。それに、次の週にあるパネルの原稿を書かなくてはならない。ケンダルさんに翻訳してもらわないといけないから、もうできていなければならない時期なのに、テーマを読み違えていて前日から書き直していた。

それに、もうこれ以上、広い場所にいたくなかった。広くて、空が青くて、空気がきれいで、人がいない場所には。鳥の声と風の音しか聞こえない場所には。

わたしは生還して、ユシとアマナと、メキシコ料理の店にいた。ジャニンとウラディミルとモルタダはホテルに帰った。

ユシが、ここ数日のもめ事についてどう思う？　と聞いた。記念に作るアンソロジーの企画の決め方について、参加者の何人かがもめていた。わたしは英語がわからないから細かいことがわからない、と答えた。他の人にも聞いてみたけど、やっぱりわからない。正確には、なににについてもめているのかはわかるが、なにをそんなに怒っているのかがわからない。WhatsApp にすごいスピードで流れてくる何十ものメッセージを読むのは、わたしには難しかった。

若いからじゃない？　とユシは言った。うん。四十歳以上だと、そんなこともういいじゃない、と思うよね。わたしとユシとアマナは四十歳以上だった。それに、同じ言葉を使っていてもその言葉から受け取る意味が違うのかもしれない、と。それは、その前の日にジャニンと話したこと。それから、あとで考えたことだが、なにを重要に思うかも、文化によって、そして人によって違うのだ。わたしたちはアメリカのアイオワにいたが、わたしたちは誰一人アメリカ人ではなかった。

海老のタコスとハッピーアワーで半額のマルガリータはおいしかった。

アメリカにいても、二か月経っても、わたしにとってのアメリカは、イメージだった。アメリカの音楽、アメリカの映画、アメリカの小説、アメリカの野球、アメリカのニュース、アメリカの民主主義、アメリカの言葉。知っている「アメリカ」に出会うと、「アメリカ」だと思った。

午前二時に起きて、朝四時前にホテルのロビーに降り、ケンダルさんと時間通りに空港に向かったが、デンバーの空港で一時間、サンフランシスコの空港で七時間の遅延に遭い、予定していた大学院の授業には出られなかった。翌朝早くに目が覚めてスマートフォンでツイッターを見ると、ボブ・ディランがノーベル文学賞を受賞していた。昼過ぎに朗読イベントがあり、わたしは「ここで、ここで」を日本語で読み、ケンダルさんが英訳を読み、その前にわたしはボブ・ディランの「All I Really Want to Do」を英語で読んだ。若い学生たちは、ボブ・ディランにあまり思い入れを持っていないようだった。終わったあと、何人かの学生がサインしてほしいとわたしの本を持ってきた。最後に『春の庭』を差し出した男子学生は、これはワシントン大学の図書館の本だと言った。柴崎さんのサインを入れて返しておいたらよろこばれると思って。えーっと、それはワシントン大学の人には言っていないの？　そうです、ぼくの思いつきです。いいのかな？　とてもいいと思います。彼は目を輝かせて言った。彼は目を輝かせて言った。わたしは、わたしの名前をその本の見返しの水色のページに書いた。

そのあと、オレゴン大学のアリッサさんが、車でユージーンの町を回ってくれた。雨だったから、どこかで降りて観光するのは難しかった。ユージーンは一年の半分以上雨が降っている。針葉樹と落葉樹の混じった森は暗く、その木立のあいだを右に曲がり左に曲がり上ったり下ったりする道を、日本に似ている、と思った。日本から来たら全然違うと思ったかもしれないが、とうもろこし畑に囲まれた平原の、車でひたすらまっすぐな道を何時間走っても地平線が延々と続くアイオワから来ると、初めて訪れたユージーンの風景を懐かしいとさえ感じた。セブン‐イレブンもあったし。だけど、日本に帰りたいわけではなかった。アメリカにいた三か月の間、日本に帰りたいとは一度も思わなかった。

かなり強い雨が降っていたが、誰も傘を差していなかった。この土地の人は誰も傘を差さない、とアリッサさんが教えてくれた。傘を差すのは、旅行者だけだ、と。風もあって、寒かったが、皆、フードを被り肩をすくめて、薄暗い道を歩いていた。

交差点で車が停まった。ワイヤーにぶら下がった信号機が、風で揺れていた。『ツイン・ピークス』みたいですね、とわたしは言った。日本語だった。ほんとうですね。大学院生のジョンさんが、日本語で答えた。

ホラー映画教室

「あと、The Shining screeningなんですが、9月11日午後6時45分にDey Houseというビルの地下室であります。Shambaugh Houseのすぐ近くにあります。もしよろしかったら、ぜひ参加してください」

午後六時三十分にアイオワ・ハウス・ホテルのロビーで待ち合わせたヴァージニアとわたしは、急な坂を上りきった先を左に曲がった。毎週金曜日の夕方にシャンバウ・ハウスで行われる朗読に向かうのと同じ道だった。わたしは、プログラムの初日に手渡されたアイオワ大学の周辺の地図を持ってきていた。

デイ・ハウスは、シャンバウ・ハウスの斜め前に位置していた。シャンバウ・ハウスには何度も行っているのにそんな建物があったかどうか、記憶になかった。九月のアイオワの六時半は明るかった。サマータイムがわたしは好きだ。

ホテルから十五分ほど歩くあいだ、ヴァージニアとは着物の話をしたと思う。どこからそんな話になったのかは忘れたが、わたしは、着物を着るのは手間がかかるとか、今はお正月でもほとんど着ないとか、白く塗る化粧をするのは舞妓さんだけだとか、そんなようなことを説明した。

香港の小説家であるヴァージニアは、日本を旅行したこともあるし今どきの日本の小説も映画もドラマもよく知っていたが（『深夜食堂』や『清須会議』や『ナミヤ雑貨店の奇蹟』などについて話していたし、竹脇無我主演の『二人の世界』というテレビドラマを若いころに熱心に見たと言っていた）、キモノやスモウについてのイメージはステレオタイプなところがあって、そのギャップを不思議に思った。

アイオワシティの中心部の道路は、ほぼ正確に東西南北に沿った碁盤の目になっている。わたしたちが北に向かって歩く、幅の広いまっすぐな道路の左側には四階建ての校舎が並び、右側には二階建てや三階建ての煉瓦造りや板壁の家が続いていた。白く塗られたポーチでブランコが揺れるいかにもアメリカの田舎町の家、それらのいくつかは大学の施設になっている。わたしたちが参加しているインターナショナル・ライティング・プログラムの事務所になっているシャンバウ・ハウスも板壁の一軒家で、通りの北東の端の区画にあった。

「あれかな」

とわたしは地図と見比べて指さした。芝生に囲まれた一角に白い壁に緑色の縁どりがある建物が見えた。シャンバウ・ハウスよりは新しそうな、二階建てだった。芝生を、しっぽがふさふさのリスが走って、立ち止まって、走って植え込みに消えた。リスは、そこら中にいた。日本にいるときの鳩か雀くらいの頻度で、外を歩けばリスに遭遇した。どこかから現れて、どこかへ消える。

「閉まってるんじゃない？」

デイ・ハウスの玄関はシャンバウ・ハウスよりも重厚で立派な作りだった。深緑色の両開きの大きなドアは、ぴったりと閉まっていた。物音もしないし、ドアの隣にある窓もカーテンが閉じていた。遠慮気味にドアを押してみると、予想に反してすんなり開いた。

「Bennet 先生はとてもやさしい先生です」。メールにそう書いてあったし、誰でも参加できますから、とローレルさんは言っていたが、不定期のイベントなのか、毎週の授業なのか、わたしは明確にはわかっていなかった。

二日前のシャンバウ・ハウスでの朗読がわたしの番で、短編を翻訳してくれている大学院生のローレルさんと先週カフェでその練習をしがてら話していて、わたしが好きなアメリカ映画のタイトルを挙げているうちに、『シャイニング』の上映があるとローレルさんが言ったのだった。

今日、毎週日曜の行事であるプレーリーライツ・ブックストアでの朗読の後、ブレッド・ガーデン・マーケットにいっしょに食料を調達しにいったときに、ヴァージニアにこれからなにか予定があるのかと聞かれて、ホラームービーを観に行くと言ったら、自分も行ってもいいかと聞かれて、いいと思うと言ったのだった。いいと思う、と言ったが、上映がほんとうに行われるのか、わたしたちも参加していいのか、会場がちゃんとわかるのか、ちょっと不安だった。ローレルさんは風邪をひいて来られないとメールがあったから、いっそう心許なかった。

「誰もいない」

板チョコのような形のドアを入ると、左側の部屋にはこれも重厚な作りの本棚に囲まれて、大きな机があった。どうやらこのデイ・ハウスが、わたしたち外国の作家が短期間参加するプログラムではなく、クリエイティブ・ライティングのコースであるライターズ・ワークショップの建物のようだった。しかし、人影もなければ、物音もまったくしない。正面にはまた分厚い木製のドアがある。ヴァージニアと顔を見合わせつつ、そのドアを開けると、赤かった。写真を現像する暗室そっくりに、赤いライトだけがついているのだった。

「ほんとにホラー映画みたい」

「入っていいのかな」

赤く暗い廊下の壁じゅうに、朗読や音楽や映画上映のイベントの案内が何枚も何枚も重ねて貼られていた。しかし、顔写真とアルファベットがデザインされた多くの告知の中に、ホラームービーも『シャイニング』も見つけられなかった。左側の壁に二つ並ぶドアはどちらも開かなかった。

「地下室、とローレルは書いていた」

「階段は見当たらないね」

おそるおそる進んで、突き当たりのドアを開けると、今度は突然、明るくなった。明るいだけでなく、建物の材質が変わって、床は白く人工的な艶があり、正面にガラス張りの渡り廊下が延びていた。外からはこぢんまりした家にしか見えなかったが、そのうしろに新しい建物がくっついていたのだ。

「ここじゃない？」

渡り廊下の先、左右に分かれた廊下の左端に、下へ向かう階段があった。吹き抜けで縦に長い窓があり、背の高い木々の葉が風に揺れているのが見えるから、地下へ降りるという感じは全然なかった。降りた先の廊下の壁には学校の下駄箱みたいな棚が作り付けられていて、「poem」「fiction」などとプレートがあり、各棚には紙の束がつっこまれていた。ライターズ・ワークショップの参加者たちが書いたものを配布して、次の授業で話し合う。アメリカに来る前にテレビドラマ『ガールズ』で見た光景だった。

そこまで来てもまだ静かで、やっぱり場所か時間かを間違えたのではないかと思えてきたが、奥の教室のドアが開いていた。覗いてみると、人がいた。六人か、七人だっただろうか。椅子とテーブルを動かしていた痩せた男が、こちらに体を向けた。

「ハイ」

「ハイ。ホラームービーの上映はここ？」

尋ねたのは、英語で会話するのになんの支障もないヴァージニアだった。痩せた男が答えた。

「そうだよ」

「シャイニングを観に来たんだけど」

「どうぞ、どこでも座って」

わたしたちは教室の真ん中の特大テーブルを回り込み、並んだ椅子に腰掛けた。

教室の後ろ側は、直接外に出られる大きな窓になっていた。開け放たれたその窓の外では、木立に夕日が差し込んで美しい緑の影ができていた。斜面の下に、アイオワ川の水面が沈みかけた陽を受けてきらきら光っているのが見えた。

もう午後七時近かったが、上映はまだ始まらないようだった。学生らしい若い男が、一人、もう一人と入ってきた。テーブルを囲む椅子と、壁際に並べた椅子に、彼らは座っていた。見た目で年齢を推測することは難しいが、二十歳くらいから三十代と思われた。プロジェクターの近くに座っている男は、アジア系でキー・ホイ・クァンを思い出す風貌だった。『グーニーズ』や『インディ・ジョーンズ』に出演していた、わたしと同世代のキー・ホイ・クァンは、スティーヴン・スピルバーグとゲームをしていたりしたけど、今はどうしているのだろう。

テーブルの上には、紫色のブルーコーンチップスとそれにつけるディップと苺のパックが置いてあった。痩せた男が、それをわたしたちにすすめた。ヴァージニアが、彼が何をしている人なのかを尋ねると、彼はライターズ・ワークショップに以前通っていた詩人で、アイオワを離れていたが戻ってきてしばらく滞在している、というようなことを話していた。彼も、近くに座っている人たちも、わたしたちについて、どうしてこの上映会に来たのかとか、なにをしているのか(アイオワ大学で、あるいは自分たちの国で)とか、尋ねなかった。教室の中に誰だかよくわからない人がいても、特に気にならないようだった。

地下室でホラームービーと聞いて、わたしの頭の中ですっかりできあがっていた光景では、崩れかけた煉瓦壁の薄暗い階段を下りた先に暗幕があって、そこはホラー映画でよく殺人が行われる物置になった地下室みたいなじめじめした場所で、やっぱり映画で観たように若者たちが破れたソファやクッションなんかを並べていた。しかし、ここは、どちらかというと高原の別荘で夏休みにパーティーでも始める感じだった。

映画は、いつ始まるのだろうと気にしながら、紫色のコーンチップスや苺をかじっていると、ようやくプロジェクターのセッティングが終わり、カーテンが閉められ、痩せた男ではなく、その隣にいた茶色い髪の男がスクリーンの前に立った。

「ベネット先生」は、おそらく三十代前半くらいだと思われたが、顔の縦も首も短いかわいらしい風貌で、スマッシング・パンプキンズのビリー・コーガンに似てる、と思った。『サイアミーズ・ドリーム』のころの、ウェイブした髪があったころのビリー。声も、似ている気がする。

ベネット先生は『シャイニング』の解説を始めたが、あまり聞き取れない。さっきから、この部屋にいる人の会話を聞こうとしていたが、不明瞭というか、なかなか言葉をつかめなかった。アイオワに来て三週間、ようやく英語に慣れてきたつもりだったが、それまで聞いていたのとは、また別の種類の英語のようだ。

プロジェクターがすんなり作動してくれなかったが、ベネット先生ともう一人が格闘し、ようやく『シャイニング』の上映が始まった。紅葉が美しい高原、蛇行した道路を走る自動車、それを俯瞰で追う冒頭。車を追い越したり追い抜かれたり、低くなったり高くなったりする、不安定なカメラワーク。このアウトテイクの一部が『ブレードランナー』のラストシーンに使われた、と少し前に知った。

車が走ってるだけやのに何回見てもなんでこんなに怖いんやろ、と観ていると、ほどなく、小説家のジャックがホテルの支配人と面接をする場面になった。何度も観たはずのシーンだが、覚えているよりも長い。こんな場面あったっけ、とわたしはなんとかセリフを聞き取ろうとした。

そのあとも、観た覚えのないシーンになった。ウェンディが息子のダニーを女医に診せ、酒を飲んだ夫がダニーに暴力を振るったことがあると話している。こんな重要なエピソードを忘れるはずがないので、日本でわたしが観ていたのとは違うバージョンらしい。『シャイニング』は好きな映画だし、レビューを書いたこともあったので、少なくとも五、六回は観ていた。英語がわからなくても、話の流れやセリフのだいたいのところはわかる。字幕がないぶん、かえって画面に集中することができて、ホテル内の装飾やウェンディの服なんかもじっくり観ることができた（そしてこれはあとで意味があったことがわかった）。

ところどころで、笑いが起こった。ダニーが三輪車で走るところや双子の姉妹に遭遇してどーんと効果音が入るところなど、シリアスで怖いとされる場面になればなるほど、皆笑っていた。『シャイニング』を本気で怖がって観る者など、現在のアメリカではいないのだろう。暗い中で、テーブルの反対側にいた誰かが床に寝転がったのがわかった。途中で、人が出ていったり、また戻ってきたりした。わたしは、ときどきプロジェクターからの光の下に手を伸ばして、ブルーコーンチップスと苺を食べた。

発狂したジャックが妻子を捜し回り、子供を連れたウェンディが部屋に隠れているとき、教室のドアが開いて、笑いが起こった。外に出ていた一人が戻ってきたのだ。しかし、外に出ている人が戻ってきそうなのは皆わかっていたから、できればジャックが斧でドアを破壊して「Here's Johnny」と言う直前にドアを開けてほしいときっと思っていて、だからちょっと残念だった。もちろん、わたしも。

最後の凍ったジャックの顔はいかにもおかしい顔だからか誰も笑わずに上映が終わり、ディスカッションが始まった。

やはり、あまり聞き取れない。おそらく、今どきの若者の話し方なのだろう。わたしのすぐ前には、二十代前半くらいの華奢な白人の男が座っていた。肩ぐらいの長さの髪で、上の方はひねって結び、そこに、紙の傘みたいなものがささっている。マイク・ミルズの『サムサッカー』で指を噛んでいる男の子を、わたしは連想した。

彼とその向かいに座る黒人の若い女が、主に話していた。細かい三つ編みにした長い髪を後ろでまとめ、精悍な顔立ちだった。わたしたちが参加しているプログラムの映画上映会でも見かけたことのある彼女の英語は、他の人よりも聞き取れた。コロニアリズムという単語が何度も出てきた。

「洋服の刺繍とか、タペストリーとか、ネイティブアメリカンのモチーフが多用されていたじゃない？」

そうそう！　そこ、わたしも気になってた！　ウェンディには不似合いな黄色い洋服も、ホテルの内装とはちぐはぐなタペストリーも、ネイティブアメリカンの装飾だった。ホテルは虐殺されたネイティブアメリカンの墓を壊して建てられ、呪われていたのだ。

映画が終わってから四十分以上経っても、ディスカッションはまったく終わる気配がなかった。始まりの時間がよくわからなかったように、終わる時間も予測ができなかった。もう夜十一時近い。わたしとヴァージニアは、目で合図をし合い、教室を出た。

階段を上がり、再び赤い光に包まれた廊下を抜け、すでに夜になった道路に出た途端に、ヴァージニアが言った。

「おもしろかったねえ！」

「うん、そう思う」

「植民地支配とそのトラウマについて話していたのは、ここはアメリカなんだって感じがした」

「そうそう、ほかの国で観ていたらそこが話題の中心にはならない」

わたしたちは興奮気味に、映画の場面やディスカッションの内容についてしゃべり合った。

「ハイ」

斜め上から、声が降ってきた。見上げると、塀の上に、途中で教室を出た男子学生が座っていた。ベースボール・キャップを後ろ向きに被った、短い金髪の若い男で、わたしが小中学生のころにイメージしていた「アメリカ人」にぴったりくる風貌だった。

「映画、どうだった？」

「とてもおもしろかった」

「それはよかった。ぼくは何回も観てるから」

わたしたちは彼に手を振って、夜の道をまた歩き出した。学校の中と外に境目のない小さな町では、日曜の夜は静かで穏やかだった。

「それからさっき観てて気づいたのは、ジャックがタイプライターで打ってた大量の All work and no play makes Jack a dull boy. が、いろんな形してた！」

「そう！　あれ、おもしろかったよねえ！　三角とか斜めとか、めっちゃ工夫してた」

ホテルに着くまで、わたしはヴァージニアと話し続けた。英語で、こんなに多くのことを話したのは初めてだと思った。ヴァージニアの英語はとても明瞭で、わかりやすかった。

ホテルに着いて、ヴァージニアが言った。

「バスルームに腐った女がいる部屋があったじゃない？　２３７号室」

エレベーターが降りてきて、ドアが開いた。

「わたしの部屋、２３７なんだよね」

ヴァージニアは、声を上げて笑った。


日曜日の朗読が終わったあと、ブレッド・ガーデン・マーケットではボツワナのルゴディールにもよく会った。『シャイニング』の一週間後、ヴァージニアがルゴディールもホラームービークラスに誘った。

数日前に来たローレルさんのメールに次の上映作品が書いてあって、インターネットで検索すると、『悪魔のような女』だった。

一九九六年にハリウッドでリメイクされているが、わたしはリメイク版も、上映される一九五五年のオリジナルも観たことがなかった。

先週はなかなか始まらなかったから、と待ち合わせを六時四十五分にしてロビーに降りると、アマナもいた。四人でしゃべりながら先週と同じ道をゆっくり歩いてデイ・ハウスに着いた。芝生の前庭を、リスが二、三匹走り回っていた。低木の茂みの前を行ったり来たりしている一匹は、わたしたちが近づいても逃げず、必死に木の実かなにかを探している。アマナが「So cute!」と言ってスマートフォンで写真を撮り出した。

リスのしっぽは、リスの体と同じくらい長くて太い。たんぽぽの綿毛のようにふわふわした灰色の毛が動くたびに揺れるが、中心がどうなっているのか全然見えない。体もふんわりした毛に覆われているが、しっぽの毛は、見ていると目の焦点が合わなくなるような揺れ方をする。そこにだけ別の空間があるような、奇妙な感覚にわたしはいつも吸い込まれそうになった。アマナは、リスの写真を二十枚くらい撮った。

前の週とまったく同じように、板チョコのようなドアを開け、暗室みたいな廊下を通り、明るい地下階へ降りた。先週は七時を過ぎても始まらなかったのに、今度は、もう映画は進んでいた。わたしたちは頭を低くして、空いている椅子にばらばらに座った。テーブルには、やはりブルーコーンチップスと苺とチョコバーがあった。

幸い映画はまだ最初の五分くらいだったが、なぜか音声がほとんど聞こえない。誰かが指摘して音量を上げてくれるかと思ったが、誰もなにも言わずそのまま進んで行く。フランス語に英語字幕だから聞こえなくても話はわかるにしても、ホラー映画というものは音の効果が大きいと思うのだが、理由があるのか単に機械の不調なのかはわからなかった。コントラストの強い白黒画面の古い映画は、サイレント映画のようだった。

妻が夫の愛人と共謀して夫を殺すが死体が行方不明になるというストーリーは、ホラーというよりもサスペンスだった。実は生きていた夫が最後に眼球を外す場面で、ヴァージニアはげらげら笑った。げらげら、という形容がふさわしい笑い方だった。

今回は、ディスカッションの前にわたしたちは教室を後にした。

「ホラーじゃないよね」

「むしろコメディ」

「公開当時は怖かったのかもしれないけど」

「最後のほうの、妻が追い詰められていくところは怖かったかな」

「なんにしても、眼球取るところが最高」

話しながら歩いていると、アマナが、

「こっちこっち」

と、校舎の間の道を指した。中を抜けて坂道を下ったほうが早く帰れる、とアマナは説明した。

「トモカはマップで、アマナはショートカット」

とヴァージニアが言った。アマナはすでに大学の中の道を知り尽くしていた。斜面に建てられた校舎の複雑な形状の外階段を下りると、別の校舎の中庭に出て、そこを抜けて坂を下ると、ホテルに隣接した学生会館の建物が見えた。

アマナはシンガポールでテレビドラマの脚本家をしている。アマナとヴァージニア、韓国の小説家チェウォンとイスラエルのジャーナリストで小説も書くオディは同い年だとわかり、『シャイニング』の前の週の日曜には、同い年ディナーに出かけていた。わたしより一回りかもう少し上だ。アマナは、今、シンガポールの新聞に短編小説を書いていて、次の話をどうしようかと考えているところだった、と言った。

「いくつか思いついたことがある。誘ってくれてありがとう」

ナイフが鍵になっているストーリーを説明してくれたが、マレー系のアマナの英語はわたしには難しかった。初めて通る道は、オレンジがかった街灯の光で真夜中のサービスエリアみたいな空疎な明るさだった。日曜の夜十時近いのに、校舎から出てくる学生がいた。校舎の廊下もどこも明かりがつけっぱなしだった。


次の週のホラームービーは、『反撥』だった。ルゴディールは来なくてウラディミルが来た。ウラディミルは映画の脚本を書いているし、映画が好きだ。教室に入ると、ユシがいた。隣に座っていたアジア系の学生と交流があるようだった。

『反撥』は、二十年くらい前に観たきりだった。主演がカトリーヌ・ドヌーヴだからフランスの話だと思い込んでいたが、ロンドンが舞台でドヌーヴも英語を話していた。

帰り道は、アマナの提案で、今度はデイ・ハウスの渡り廊下のところから外に出て斜面を下り、川に出た。

「主人公が最初からすでに一貫して狂ってるじゃない？　狂気と正常の揺さぶられるところがないのはつまらない」

ウラディミルが言った。

「アメリカでは映画も小説も、だいたいトラウマって話になるよね。植民地支配のトラウマ、子供の虐待、性的虐待のトラウマ、それから……」

ヴァージニアが言った。

「最後の家族写真もあからさますぎて……」

それは誰が言ったか忘れた。複数が活発に会話している状況だとわたしの英語力では入れないので、ずっと聞いていた。アイオワ川沿いの道を、わたしたちは歩いた。朝、散歩をしたことがある遊歩道だが、初めて歩く道に思えた。真っ黒い水面はどちらに向いて流れているのかわからなかった。

その日の夜、ユシが、リストを転送してくれた。ホラームービークラスの今後の上映予定だった。

この二週の映画でホラーではないのかとも思ったが、メールには「Horror Fiction」や「Horrific Films」という言葉が書いてあった。恐怖の描き方、表し方がテーマなのだろうかと、リストを見ながら考えた。次の週は『The Thing』、その次は『Night of the Demon』。わたしはタイトルをコピペしてグーグルで検索することを繰り返した。原題と邦題が違うことについて、作家たちと小説や映画の話をしていてもしばしば困った。カタカナの英語っぽい単語のタイトルだから原題だろうと思っていたら、まったくかけ離れていることも多い。

だけどそれは、日本だけのことに限らない。日本の作品の英語タイトルに驚くこともあった。夏目漱石の『草枕』が『The Three-Cornered World』というように。

ヴァージニアと話すときには、中国語の物語や漢詩、それに香港映画のタイトルの漢字はわかるのに発音できないという問題があった。紙とペンがあるときは漢字を書く、あるいはスマートフォンで文字を入力して見せたり画像検索して見せたりするのだが、わたしたちは、歩いているときにいちばんたくさん話したから、監督や俳優の名前、ストーリーなどを話して、クイズのように正解に近づいていくことも多かった。ウォン・カーウァイの『花様年華』は、中国語はうまく発音できるようにならなかったが、英語タイトルが『In the Mood for Love』というのは覚えた。

金曜の昼にダウンタウンの市民図書館で行われるパネル・ディスカッション（ディスカッションはつかず、パノーと発音されていた）で、ヴァージニアは「リアル・ワーク」というテーマの週に発表し、香港で一九五〇年代に流行った映画や小説について話していた。それを聞いていて（〝パノー〟は原稿がプリントアウトされて配られていたのでわたしにもわかりやすかった）、『花様年華』のトニー・レオンが新聞記者で小説を書いているのは、当時の流行を踏まえているのだとわかった。そして『２０４６』は香港の一国二制度措置が終わる年の一年前っていう意味なんやね、とわたしが意気揚々と言ったら、ヴァージニアは、そう、でも話の内容は全然関係ないけどね、と笑った。同じくトニー・レオン主演の『ラスト、コーション』の原作が短編で、ヴァージニアがその短編をとても好きなんだと聞いたのも、ホラームービークラスに行く道すがらだった。

アイオワにいるあいだ、わたしは周りの状況がいつもあまりよくわかっていなかった。自分が思ったことや知っていることを伝えるのも難しかった。

広い空は毎日青く、夕日は美しく、アイオワ川は止まらずに流れ続けていて、ホテルも学生会館も校舎も、いつも同じ場所にあった。三十六人の作家たちと毎日会い、朝はハウ・アー・ユー、夜はシー・ユーと言い合って、売店のスシを食べ、ダイエットコークを飲み、坂を歩けば疲れたし、とにかく、世界はそこに紛れもなく実体としてあった。しかし、周りの人がなにを話しているのか、どんな関係性なのか、今日のイベントは誰がなにをするのか、いつも水の中で手探りするようにしかわからなかった。

目の前に確かにあるものと、人の意思や関係ややりとりで成り立っていることと、今自分と話している人が思っていること知っていることと、わたしが理解していることが、常に少しずつずれていて、それがときどき重なったりつながったりして、いくつもの層のあいだを漂っているみたいに、暮らしていた。

しかしそれは、わたしが英語を理解していないことだけが理由ではないと、わたしはわかり始めていた。


十月三十日のホラームービーは『Hiroshi Teshigahara's Woman in the Dunes』とリストにあった。『砂の女』。

アイオワに来る前に、わたしは中上健次の『アメリカ・アメリカ』を読んだ。中上健次がこのインターナショナル・ライティング・プログラムに一九八二年に参加したときのことが書いてあるからだ。

その中に、『砂の女』の上映があって、居合わせた人たちの前で中上健次が「「砂の女」論を日本語でやったのだった。「砂の女」の物語の構造、イメージを分光さすために、まず上田秋成の「浅茅が宿《あさじやど》」を使った。その中から、横溢する草のイメージを取り出し、それを鉱物である砂に変える。さらに主人公を言うために典型的なヒーローであるトム・ジョーンズを用い、トム・ジョーンズとは上から下へ、下から上へという移動方法を取るのではないことに注意した。日本の小説の全てといってよいほどこの上下移動のカーブ、富士山のように、東京や京都という中心を設定しての上下運動で、「砂の女」がもしトム・ジョーンズがやるような平面の横移動ではなく、日本式のたて移動なら、あそこまでの抽象性は出ず、日本の一番深いところを見せつけられたようなまなましさが出ないと述べたてた」と書いていた。

わたしは『アメリカ・アメリカ』の文庫本を持ってきていた。そのページを探して、『砂の女』の上映のときには、三十五年前にアイオワに滞在していた日本の作家がこんなふうに解説したのだと言おうと思った。そのためには、英語に翻訳しなければならないが。

三十五年前と今とでは、作家たちが泊まる場所も違うし（当時作家たちが滞在していたメイフラワーという名の学生アパートは大学の外れにまだあった）、プログラムの内容も、参加人数もかなり違う。

違うが、四十九年間繰り返されてきたこのプログラムのある地点とある地点を、ホラームービークラスで一瞬つなげられるかもしれないと思ったのだった。

『砂の女』の次の週は、黒沢清『CURE』だった。それなら、わたしもディスカッションでなにか言えるかもしれないと思ったが、そのときにはもう、わたしはアイオワを離れて、ワシントンDCを旅行している予定だった。それまでまだ何週間もあったが、半分を過ぎれば、あっという間なのだろう。旅行はいつもそうだ。半分までは長く感じるが、過ぎた途端にもう終わりの気配が濃くなる。

『The Thing』も『Night of the Demon』も、その次の週の『Evolution』も、わたしとヴァージニアは観ることができなかった。ニューオーリンズへの旅行があり、ブックフェスティバルがあり、朗読会があった。

ヴァージニアは、ホラームービークラスに行けないのをとても残念そうにしていた。特にホラー映画が好きなわけでもないのに、今週はなんの映画だっけ、また行けないね、と何度も言った。

そういえば、以前観た古い日本映画で女の人が首を外して横に置いたのがすごく怖かったよ、とヴァージニアは大笑いしていたけれど、その映画がなんなのか今もわたしはわからない。

わたしとヴァージニアが次にホラームービークラスに行くことができたのは、十月二十三日だった。『ウィッカーマン』は、とても変な映画だった。田舎の島に人捜しにやってきた男が、島の奇妙な風習に巻き込まれていくのだが、唐突に全裸の男女が墓場で謎の儀式をしていたり、不気味な住人たちに監視されたりと、真面目に作っているのか笑わそうとしているのか判別できなかった。

うさぎの仮面を被った島の人たちがじっとこちらを見ている場面でデイヴィッド・リンチの『インランド・エンパイア』を思い出したら、上映後にベネット先生が話している中でデイヴィッド・リンチという言葉が聞こえたので（イトウジュンジ、ウズマキ、とも言っていた）、そのあとで「わたしもデイヴィッド・リンチを連想しました」と話した。四回行ったホラームービークラスでわたしが発言したのは、それだけだった。ブルーコーンチップスと苺は、四回とも置いてあったし、四回ともわたしは食べた。

帰り道で、わたしは言った。

「今日は、やっと、みんながなにを話しているかだいぶわかった」

「そうそう、最初は全然わかんなかったよね」

「ヴァージニアも？」

「うん、なに言ってんのか、ほとんど聞き取れなかった」

そして、『砂の女』の上映の時間は、十月三十日、わたしたちのインターナショナル・ライティング・プログラムのクロージング・パーティーの時間だった。つまり、観ることができなかった。

当日になっても、ヴァージニアは、ホラームービークラスに行きたがっていた。閉会パーティーという重要なイベントなのに、途中で抜けたら間に合わないかな、とまで言っていた。

閉会パーティーの会場は、ホテルの一階にあるアイオワ川を見渡せるカフェとテラスだと思って、五、六人の作家といっしょに待っていたが誰も現れず、不安になり始めたら、テラスを回り込んだ奥に部屋があることがわかった。

テラスはあんなに静かだったのに、その奥のドアを入った途端に身動きできないくらい大勢の人がいて、ワインバーが出店し、色鮮やかなフルーツやケーキが並んでいた。『シャイニング』の豪華なパーティーの場面を、わたしは思い出した。幽霊たちのパーティー。この場所で四十九回繰り返されてきたパーティーの、いつかの参加者が紛れていても、きっと楽しく話すことができるにちがいない。

部屋のいちばん奥の扉を開けると、最初の日にオリエンテーションを兼ねたランチを食べた部屋があった。十週間を過ごした建物の中にあったのに、その部屋に入ったのは最初のその日以来だった。終わりと始まりがつながって、わたしはこの時間がほんとうにもう終わってしまうのだとわかった。

パーティーがお開きになって、皆でバーに向かう途中、デイ・ハウスにつながる通りを横切った。夜の道の向こうにあるデイ・ハウスは、遠くて見えなかった。金曜と土曜の夜にはあんなにうろうろしていたハロウィンの仮装をした人たちも、まったく見当たらなかった。サマータイムも次の日曜で終わりだった。

「苺を食べたら、ホラー映画を思い出しそう」

「うん、紫のコーンチップスも」

「それはここでしか売ってないから」

ホラームービークラスに未練があったヴァージニアとわたしは、そんな話をした。プログラムはまだ一週間残っていたけれど、もうすぐ会えなくなるのがわかっていたから、わたしたちは遅くまで、いつまでも居残って、酒を飲み、ミュージックマシンにリクエストし続け、大騒ぎした。

その店での最後のほうからわたしの記憶は曖昧で、部分的にしかない。十二時ごろにはホテルに戻って、コモンルームという皆で使っていた部屋に六人くらいで寄って、誰かが歌を歌ったりしていたけどわたしはもう眠くてすぐに自分の部屋に戻ったのは覚えているのだが、そのどこからダウンジャケットを持っていなかったのか、思い出せない。

目が覚めると、朝の六時前だった。外は真っ暗だった。夜が明ける気配すらまったくない暗さだった。ダウンジャケットがないことに気づいた。その小さくたためるダウンジャケットはユニクロのでもう一つ同じようなのを持ってきていたからなくなってもそんなに大問題ではないのだが、なぜか、道に落としたのだとしたら今なら、まだ誰も外を歩いていない今の時間なら、見つかるかもしれない、と思う気持ちが強くなり、わたしは外へ出た。

外は、真夜中のように暗かったし寒かった。

コンビニエンスストアも自動販売機もない街は、黒い闇に沈んで静まりかえっていた。突然、大型のトラックが、すごい音を立てて通り過ぎ、そのあとはまた静寂だった。こんな時間に一人で外を歩くのは危ないのだろうとは思いつつ、昨夜いた店まで通りの両側を見ながら辿ってみたが、ダウンジャケットは落ちていなかった。店も当然閉まっていて、誰もいなかった。

引き返すことにした。先の角を、リュックを背負って黒いフードを被った男が歩いて行くのが見えた。その通りの突き当たりは、デイ・ハウスだった。わたしは、そこへ向かうことにした。

角を曲がっても、男の姿は見えなかった。どこかの建物に入ったのかもしれないし、停めていた車に乗ったのかもしれない。

五分くらい歩くと、デイ・ハウスはそこにあった。ドアの隣の窓が、赤く光っていた。近づいて覗くと、大きなテーブルの上には、なにかが載っていた。ブルーコーンチップスと苺だと、わたしにはわかった。

ドアの正面に立ち、取っ手を引いてみた。がたん、と音が鳴ったが、ドアは開かなかった。

It would be great!

アイオワシティには、鉄道の駅はない。そのせいか、町の中心をいつまでもつかめなかった。移動手段は、自動車、それから飛行機になる。隣町のシーダーラピッズの空港まで自動車で三十分と少し。小さな空港に、百席に満たない小さな飛行機が発着する。広いアメリカで日常の移動手段である飛行機は、大幅な遅れもしょっちゅうのことだ。せっかく朝四時、真っ暗な中ホテルを出てきたのに、シーダーラピッズでも乗り継ぎのデンバーでも遅延に遭い、二つ目の乗り継ぎのサンフランシスコの空港で乗り継ぎ便を逃し、五時間待った末に乗り込んだユージーン行きの機内で、さらに二時間近く待たされることになった。

わたしたちの座席は、ビジネスクラスのすぐうしろだった。客室乗務員たちは、狭苦しいエコノミーのわたしたちには目もくれず、ゆったりした革張りシートの客たちの不満に謝罪し、機嫌を取るためにビールもワインもお持ちします、と銘柄を挙げていた。そして最前列の若い男性客が「Heineken would be great」と答えたのが、くっきりと耳に入ってきたのだった。

クリエイティブ・ライティングのコースをアメリカで初めて作ったアイオワ大学の、世界各国から作家が集まって十週間過ごすインターナショナル・ライティング・プログラムに、二〇一六年八月二十日から参加していた。四十九年目の今年の参加者は、三十三か国から三十七人。「writer」には、詩人、小説家、劇作家、テレビドラマの脚本家もいる。十月十二日のこの日は、そのプログラムには含まれていない旅で、わたしはアイオワ大学で日本文学を教えているケンダルさんと、オレゴン大学での授業と朗読イベントに向かっていた。アメリカに来る前には、今までに参加した人ややりとりをしていたスタッフから毎年英語が苦手な人は一人、二人いると言われていたし、IWPでの経験を書いた中上健次や水村美苗のエッセイを読んでも英語がほとんどできない人が参加していたのでなんとかなるかと思っていたが、八月に蟬の鳴くアイオワシティでプログラムが始まって二日目、自分がその「できない一人」だと気づいた。参加者は、アメリカ以外の国の人たちで、その半数くらいの人の話す言葉は当初わたしには（自分のことをまったく棚に上げて言うが）英語には聞こえなかった。プログラムの参加者にもスタッフにも日本語を解す人は誰もいない中、他の作家たちの詩や短編を、iPhone と iPad にダウンロードしてきた辞書を何十回も引いて読み、文法書をめくって、明日はこれを話そうと試してみては会話が続かず落ち込む毎日だった。

それが十月に入ったこのときには、音声としてはかなり聞き取れるようになっており、ビジネスクラスに不似合いなTシャツにキャップの若いにいちゃんの一言がとてもクリアに、耳に入ってきたのだった。わたしはケンダルさんに聞いた。「ハイネケン　ウッド　ビー　グレイトは、ハイネケンがいいね、好き、という感じですか？」。自分はあの人の言ったことがわかった、と伝えるつもりだった。なんといっても great なのだ。トランプは Make America great again.

と繰り返していたし、毎朝作家たちと交わす挨拶も、How are you? Great! だし、銀行の窓口でサインをするだけでもGreat! と笑顔が返ってくる。しかし、ケンダルさんの答えは違った。挙げた銘柄に好きなものはないから仕方なくハイネケンにしとく、という感じ。

なぜ？　とわたしは戸惑いとともに尋ねた。is ではなく would という婉曲表現が使われていることがまず理由だが、最終的には、状況や文脈によるのだという。

フライトが遅れに遅れた結果、ユージーンについたのは夜八時ごろ。予定していた授業には出られず、とうもろこし畑が延々と広がる茫漠としたアイオワとは違う、森に囲まれたレンガ造りの美しいキャンパスもゆっくり見られなかったが、翌日の朗読イベントにはたくさんの学生たちが来てくれたし、質疑応答も熱心で、うれしかった。夜になって、オレゴン大学の先生たちと夕食に行ってオーダーを話し合っているとき、ガンダムを題材に卒論を書く予定だという大学院生が言った。「It would be great!」。それは「おいしそうですねぇ！」というシンプルに肯定的な意味だった。

アイオワに戻ってから、わたしの小説を翻訳してくれている大学院生にも、ＩＷＰの参加者でいちばん話した香港のヴァージニアにも聞いてみたし、日本に帰ってから英語に詳しい人にも尋ねたが、やはり最終的には文脈や言い方、表情だという。日本では婉曲表現や本音と建前があり、たとえば「検討します」は断りの意味だなんていうことがよく言われ、それに比べるとアメリカはストレートなもの言いだというイメージがあったので、great だけど great じゃない事例は、小さな驚きだった。

ＩＷＰの期間中は、朗読やパネル・ディスカッション、高校でのレクチャー、演劇やダンスとのコラボレーションなど様々なイベントがあるが、大学院生との翻訳のワークショップも毎週あった。授業の数日前にその週に使う作品の翻訳がメールで送られてくる。わたしの短編を取り上げる少し前、ヴァージニアに尋ねられた。「冒頭だけ読んだんだけど、語り手は男性？　女性？」。ああそうか、とわたしは気づいた。元の短編は高校生で「わたし」だから、日本では最初の二行でたいていは女子を思い浮かべるが、英語だとＩだから読み進めなければ性別はわからない。日本語では「Ｉ」に相当する言葉は多くあって、性別や年齢や上下関係で使い分けられる。「わたし」「わたくし」「ぼく」「おれ」などのどれを使うかは曖昧に、しかしその場にいる人によって了解されている。話し始める前にそこでの自分の立場、つまり状況が先にあって、主体である自分はそこに合わせることになる。

外国語でコミュニケーションをし、日本語以外の言葉を使う人と接していると、自分が無意識に使っている言葉について発見することは多かったし、話すときにどんな意識を持っているか、それはどんな文化や社会のありかたに根ざしているかについて、考えることを突きつけられた。

参加者の中でヴァージニアといちばん話すようになったのは、彼女の英語がとても正確かつ聞き取りやすかったのに加え、香港と日本では互いの生活や文化・歴史的背景を想像しやすかったのも大きい。ヴァージニアは日本の小説や映画をよく知っていたし、アイオワにいるあいだ中、わたしたちはとにかく熱いお茶が飲みたいと言っていたし（アメリカのホテルの部屋にはカプセル式のコーヒーマシンしかない）、漢字で会話することもできた。ヴァージニアの短編やスピーチから、彼女と同世代のウォン・カーワイの映画についての背景がわかって、それを話し合うのも楽しかった。だからときどきある、自分では当たり前だと思っていたのに通じないことは、とりわけ印象に残った。

英語では複雑な会話ができないわたしにとって、小説や映画のタイトル、作家の名前は重要なコミュニケーションツールだった。共通するなにかが見つかれば、なにに興味があるのか、どんなものが好きなのか、確認し合える。南アフリカのプリヤが、『ツイン・ピークス』が好きだと知ったときも、すぐにSNSでメッセージを送った。その後、彼女が一歳違いだとわかって、遠く離れた大阪とダーバンで、同世代である日本人のわたしとインド系のプリヤがあの奇妙なアメリカのドラマに夢中になっていたのだと思うと妙に感動した。

それを知っているというだけで、なにかが通じたように感じる。共通の背景を確認できれば、わかることがふえる。それはコミュニケーションの重要な要素だと思うと同時に、それはコミュニケーションなのだろうか、とも思っていた。共通項を探すだけなら、単なる答え合わせに過ぎず、自他の違いを超えて対話するのとはちがうのではないか。それは、自分に似た人や言いたいことを代わりに言ってくれる人を集めがちなSNSを使っていて感じていることでもあった。

高校生のころ、授業中はいつも小説を書く用のノートを教科書の下に広げていて、なにか落ち込むことがあったのだと思うがそこに「共感する」と百回くらい書いたことがあった。その時考えていたのは、人の気持ちがわかることは、誰かと同じになることは絶対に、絶望的に絶対にないのだから、できることはただ共感することだけだというようなことだった。共通点やすでに知っている感情にわかるわかる、「いいね！」のアイコンをクリックするような感覚ではなかった。今でも、そう思っている。わからないから、そこに共感があるのだと。

わたしと誰かの、そのあいだにある言葉とはなんなのだろう。プログラムに参加しているあいだは、日本語は通じない。英語が公用語の国の作家もいたが、多くは程度の差はあれ不自由さのある英語で話す。自分の国では、朝から「great!」なんてポジティブ過ぎる挨拶はしないのに、ここでは英語だからコミュニケーションの形もそれに従う。わからないことのあいだに、わかろうとして使う言葉があり、わかったりわからなかったりする。

最終週の市民図書館でのパネルの日、アメリカの印象について自由に話し合うと書いてあったので、わたしはいくつかポイントをまとめていった。教室に着くと、一人また一人と前に出て立派なスピーチを始めた。作った詩を朗読している作家もいる。誰かの話が終わりそうになると、次の作家がさっと立つ。

わたしは混乱した。この順番はどうやって決まってるの？　わたしが連絡を見落としたのか、英語が読みとれなかった？　わたしの順番はいつ？　いつもの時間を十五分ほど過ぎて半分くらいの作家が登壇したあと、唐突にパネルは終わった。何人かの作家に尋ねた末、夜になってやっと、なにも決まっていなかった、しゃべりたい人がしゃべっていただけ、とわかった。日本では、こういうとき進行は事前に決まっている。もし自由に、と言われたら、遠慮して（または遠慮するそぶりを見せて）お先にどうぞ、そうですか、では、などと言っている場面が思い浮かぶ。英語がわからなかったせいだけではなく、行動のあり方が違いすぎて、状況が理解できなかったのだ。そして発表の場で遠慮するなんて想像もしない作家たちには、わたしの質問の意味がわからなかった。わかってみれば、動揺した自分のことを笑いたくなった。

日本で日本語を使って暮らしていても、きっとわたしはそんなふうに状況をわかっていないことがよくある。「It would be great!」がわかるときは来るだろうか。

とうもろこし畑の七面鳥

あの男の人の名前はチャックで、大学に行きたかったんだけど弟たちを進学させるために自分はあきらめて働いて、リタイアしてやっと時間ができたから文学の勉強をしてるんだって。ドストエフスキーとかロシア文学が好きだと言ってた。

それをヴァージニアから聞いたのはバーベキューレストランでの朗読会の帰り道だった。バーベキューレストランで朗読をしたのは、エロスとタティアナとルゴディールと、それからライターズ・ワークショップの学生か地元の詩人が二人。甘いソースのスペアリブは、ハーフサイズを注文したのに日本なら二人前と思われる量で出てきた。「with white bread」と書いてあったのに見当たらないと探したら、スペアリブの下に薄っぺらい食パンが敷いてあった。二か月近くいてもアメリカの食べ物に驚かされることはまだまだあった。

アイオワ大学での滞在も残りあと二週間ほどになり、ほとんど毎日イベントがあった。スケジュールは前の週の金曜に配られて初めてわかる。朗読会は楽しみではあったが、ホラームービークラスに行けないのは残念だった。

肌寒くなってきた日曜の夜、静かなダウンタウンを歩きながら、ヴァージニアはチャックのことをもう少し話してくれたけど、忘れてしまった。あの tall old man は誰か知ってる？　と何日か前に聞いたのはわたしのほうだったのに。

　インターナショナル・ライティング・プログラムの発表や朗読の時間には、参加者や学生ではない人がいつも何人かいた。金曜のお昼に行われる市民図書館でのパネルには、椅子が三つくらい必要そうなお尻の大きな黒人の年配の女性が毎週来ていて、そして熱心に質問をしていた。毎年、このプログラムがあるたびに必ず来るのだと、スタッフの誰かが言っていた。

　チャック、というその男性は、朗読会や発表のほとんどに来ていた。九月半ばに、演劇専攻の学生たちとのコラボレーションイベントが川向こうのシアターであったとき、終わった後にホールで、日本では女性の党首が誕生したんだって？　おめでとう、と声をかけてきた。ありがとう、よく知ってるね、とわたしが言うと、ガッツポーズを返してくれた。白くなり始めた金髪に、日焼けした顔。キャップを被って、たいていダンガリーシャツかチェックのシャツにジーパンで、いかにもアメリカの中西部のおじさんという感じだった。

　バーベキューレストランでの朗読会の五日後、アマナからメールが来た。チャックがいとこの農場に連れて行ってくれるから行く人は連絡ください。七人か八人まで車に乗れるよ。

　同送された作家たちから次々に返信が送られていくのを見て、わたしも慌てて、行きたいと返信した。

　このころには、プログラムのイベントだけでなく、参加者同士で出かけたり、知り合った学生や地元の人と集まったりすることが増えていた。今のうちに、と皆思っていた。一方で、あと数日でここから離れるなんて信じられずにいた。たいていの参加者が二つ持ってきたスーツケースのうち一つは、すでにニューヨークのホテルに向けて送ったあとだった。部屋で荷造りしてたら泣いてしまった、とガリートは言っていた。

アマナがチャックと話していたのは意外だったが、どう過ごそうかと思っていた行事のない木曜日に出かけられるのは楽しみだった。

木曜日の朝、ホテルの前で特大サイズの白いワンボックスカーが待っていた。シートは四列、マイクロバスみたいな、日本ではほとんど見ないサイズだった。

車の脇には、チャックと、チャックの、いとこか、いとこの友だちなのかわたしにはよくわからなかったが、恰幅のいい年配の男性がいた。ジョンとか、そんな名前だったと思う。丸顔の温厚そうな人だった。

車に乗り込んだのは、アマナ、エロス、ジャニン、ウラディミル、ルゴディール、ハオ、クリスティン、それからわたし。

車は走り出した。すぐにアイオワシティの小さな町から出て、平原の中をまっすぐに続くハイウェイを車はひたすら走った。

まだここに来て二週間くらいしか経っていなかったころ、土曜日に朝ごはんの部屋で、マーラに、ランチに行かない？　と声をかけられた。ココたちがミャンマー・レストランに行くから、いっしょにどう？　ダウンタウンかどこかにも確かアジア料理の店があっておいしいとココが言っていたのでてっきりそこかと思っていたら、乗った車は町からどんどん離れていった。とうもろこし畑しか見えない風景を猛スピードで車は走り続け、ジャンクションにいくつか店が見えたところで停まったからそこかと思ったら水を買っただけでまた延々と走った。こんなに遠いとは思わなかった、と言うと、マーラも、わたしも驚いてる、と返し、結局四十五分後に小さな町、というか昔は町だったらしいいくつかの商店が集まるところに着いた。ミャンマー・レストランとミャンマーの食材を売る店があり、スペイン語の看板を出したウエディングドレスやパーティーの服ばかりが売られている薄暗い店と、アイスクリームを売っているレンタルＤＶＤの店があった。ラテンアメリカからの移民らしい親子が、その店の前に立っていた。

ロデオを見に行くといっても車で三時間、ハイキングも車で三時間、スタッフの家でのパーティーも車で一時間。その距離感覚には、もう驚かなくなっていた。

とうもろこし畑の真ん中ではソフトバンクの「アメリカ放題」も神通力が弱まる。そこで無理に電波を拾おうとすると電池を消耗するので、グーグルマップスで自分の位置を確かめるのはあきらめていたから、車がどこを走っているのか見当もつかなかった。

アイオワは、点在する町以外の部分はほとんどがとうもろこし畑だった。三月に事前の面接をインターネットを通じて受けた際、最後になにか聞きたいことある？　とスタッフのキャサリンが言ったので、大学の周りはコーン・フィールズばかりだって聞いたんですが、と聞いたら、そんなことないですよ。ソイビーンズもあるし、ウィートもあるし、と、答えが返ってきた。要するに畑やな、とわたしは思った。

一九八九年公開の映画『フィールド・オブ・ドリームス』は、主演のケビン・コスナーがとうもろこし畑の真ん中に突然野球場を作る話だが、あの場所がまさにアイオワだった。アメリカ滞在中にテレビで繰り返し見た大統領選挙の演説の中でも、正確なところは忘れたが、なんとか州の工場で働いているみなさん、ニューヨークのビジネスマンのみなさん、に続いて、アイオワの農家のみなさん、と呼びかけていたので、このあたりが代表的な農業地帯なのだとわたしは実感した。中西部（この言い方は、今でも慣れない。だって、アイオワは地図で見ればアメリカの東半分に位置している）の、典型的な風景だと何人もの人が言っていた。広大な農地、地平線、まっすぐな道。

一時間以上走って、車が停まったのは、緑色の小さな小屋の横だった。周りには草むらがあり、その先に枯草色のとうもろこし畑が広がっていた。そこが、「いとこの農場」のようだった。

八月二十日にアイオワに到着したとき、とうもろこし畑は緑色だった。飛行機の窓から見たなだらかに波打つ地面とパッチワークのような畑は、十年ほどまえに訪れた旭川の風景を思い出させたが、それが地の果てまで続いているという感じだった。

鮮やかな深い緑色をしていた畑は、秋が深まるにつれ、緑のところと枯草色のところに分かれてきて、十月の終わりのこのころには、刈り取られた空っぽの畑と枯草色の二種類に変わっていた。

刈り取られずにまだ残っているとうもろこしは、からからに乾いて、隙間に見える実もぼろぼろと欠けていた。それは飼料か加工品になるらしいが、最初から品種が分かれているのか、出来を見て分けるのか。前の週にいつもプログラムの参加者を招いてくれる農場でそこの人が説明していたと思うが、よくわからなかった。

その農場でヘイライドといってトラクターに牽かれた干し草の荷車に乗っているときに小さな虫に嚙まれた痕が、わたしの手の甲にはいくつも残っていた。なんの虫かはわからなかったがその「バグス」に嚙まれた痕が残ったのは、よく話す参加者の中ではわたしと韓国のチェウォンだけだった。わたしたちだけが嚙まれたのか、わたしたちだけに抗体があって反応するのか、どちらかではないかとわたしは推測していた。日本だと煙草の火を押しつけられたのかと勘違いされるような痕だった。

車を降りて、草むらと畑のあいだを歩き始めた。電線と、遠くの丘の上にある一軒の家以外は、見渡す限り、建物はなかった。もちろん、人の姿も。

ウラディミルはEOSで写真を撮り、ジャニンとエロスはスマートフォンで写真を撮り、アマナはときどきわたしにスマートフォンを渡して記念写真を撮るように頼み、ハオとクリスティンは話しながら歩いていて、ルゴディールは遠くを見ていた。

空は曇っていて、白っぽい灰色で埋まっていた。とうもろこし畑も草むらも遠くの丘も、陰影がなかった。アンドリュー・ワイエスの絵のようだと、わたしは思った。脚の不自由な女性が草原に座る後ろ姿が描かれた、日本でも人気のある絵。わたしはその絵を二〇一二年に初めてニューヨークに行ったときにMoMA（ニューヨーク近代美術館）で見た。階段の踊り場かその脇にあって、有名な絵がこんなところに、と驚いたのを覚えていた。

アイオワを離れた翌週にニューヨークのMoMAに行ったとき、記憶とは違う場所だったがやはりその「クリスティーナの世界」はあった。カルロスがその画像をWhatsAppに上げて、アイオワを思い出すとコメントしていた。わたしを含む何人かが、アイオワっぽいね、とコメントした。だけどあの絵の場所はメイン州だった。

アイオワを描いた有名な絵は別にある。インターナショナル・ライティング・プログラムの事務所になっているシャンバウ・ハウスに似た、白い板壁の家の前に、頭の禿げ上がった眼鏡の男が三つ叉の農具を持って立ち、金髪をひっつめた神経質そうな目つきの女が隣に並ぶ。清く正しい農民の姿を描いた、古き良きアメリカを象徴するらしい「アメリカン・ゴシック」と呼ばれるその絵は、わたしから見るとどこか不気味だった。男と女は年齢差があって夫婦なのか親子なのかわかりにくいし、男の持つ尖ったフォーク形の農具は悪魔のキャラクターが持っているイメージだ。しかし、隣町シーダーラピッズの空港のトイレの入口はこの絵を大きく引き延ばした壁紙に改装中だったし、街の中心部にあるチェコ&スロバキア博物館の前にも、チェコスロバキアにルーツがあるアンディ・ウォーホルをモデルにその絵をパロディにした像が立っていて、この地方の名物の一つではあるらしかった。

わたしは、アマナに「クリスティーナの世界」を説明しつつ、パノラマ写真を撮ろうと、デジタルカメラを取り出して、枯れたとうもろこし畑に向けた。

アイオワに来てから、ほとんど写真を撮っていなかった。アメリカ滞在中期間限定、と思ってアカウントを作ったInstagramにも数枚しか画像をアップしていなかったし、iPhoneじゃなくてパノラマ写真となるとプログラムが始まる前日に新入生歓迎のハンバーガーパーティーに向かう数千人のティーンエイジャーを撮ったのとニューオーリンズでの数枚だけだった。

パノラマ写真を撮るには立ち止まらないといけないから遅れがちになりながら、わたしはチャックとジョンを先頭にした一行について行った。

このあたりには動物はいるのか、とウラディミルに聞かれて、チャックは鹿と狐と、数種類の鳥の名前を挙げ、それから七面鳥と答えた。七面鳥って飛ぶの、と誰かが言った。飛ぶよ、かなり高く飛ぶ、とチャックは答えた。わたしは、七面鳥は飛ばないと思っていた。鶏でも飛べないのに、あんなに重そうな体の鳥が飛ぶわけがないと思っていた。丸い体をさらに羽で膨らませ、およそ機能的なところはなさそうな、ちょっとグロテスクにさえ見える鳥。スーパーマーケットでホールで売られているのを見たが、相当に大きかった。

農場のすべてを把握しているらしいジョンは、ほとんどしゃべらなかった。愛想笑いをすることもなく、先頭を歩き、ときどき遠くを指さした。そこには、鹿がいた。鹿の姿は、すぐに見えなくなった。

動物の鳴き声もなく、車の音もなく、風も吹いていなかったから、とても静かだった。

その静かなところに、奇妙な音が聞こえてきた。とうもろこし畑の中から、ぷちぷちぷちぷちぷちぷち、と聞こえてくる。雨の降り始めみたいにも聞こえたし、レコードのノイズにも似ていた。

とうもろこしは、わたしたちより背が高く、密集して生えていて、奥はまったく見えない。たぶん鳥がとうもろこしをついばんでいるのだろうとは、推測できた。でもなんの鳥？　たとえば田んぼでも飛び回っている雀や鳥の姿は見ることはできるが、さっきから鳥など見かけない。音は、移動した。どこから聞こえてくるのかもはっきりわからず、どういう状況かまったく見えない。ただ、なにかがそこにいる、という気配だけが、強烈に発生していた。

ぷちぷちぷちぷちぷちぷちぷちぷち……。

音は、やむことがない。とうもろこし畑のそこらじゅうから、その音だけが聞こえてくる。

日本でもヒットした『フィールド・オブ・ドリームス』（なぜか、最後のｓが英語の発音ではドリームズなのにドリームスになっている。こういう微妙に間違った英語で邦題をつけるのはほんとうに謎だ）を、実はわたしは公開当時もそのあとも観たことがなかった。ケーブルテレビのオンデマンドに入っていたのでアイオワに行く前に観ておこうと思って観たら、予想していたよりもずっと変な映画だった。

主人公の父親が思い入れていた野球選手たちの消息を尋ねて回り、そのうちに死んだはずの選手と対話したり、とうもろこし畑に選手たちのゴーストが現れたりするのだ。背の高い黄金色のとうもろこしのあいだから、一人、また一人、とゴーストが現れて、いっしょに野球をする。ラストシーンは、その野球場に向かってとうもろこし畑の大平原に車の渋滞ができている風景だった。

それから、アメリカのとうもろこし畑でわたしが思い出すのは、Ｍ・ナイト・シャマラン監督の『サイン』だった。わたしは『サイン』がとても好きで、今まで誰にも同意されたことはないが、あの宇宙人が本気で怖い。宇宙人がすでに地球に入り込んでいることを、子供の誕生日会を撮影した動画に映り込んだその姿がニュースで放送されて世界中の人々が知るということが、ものすごくリアルに思えて、それはわたしが夢で見た宇宙人に地球が制圧されるときとほとんど同じだった。あれは確かペンシルベニア州で、家を囲むとうもろこし畑の先には森があった。二年前にサンフランシスコから帰る飛行機で見た『インターステラー』では、とうもろこし畑の向こうから砂嵐が襲ってきた。

とうもろこし畑からは、なにかが現れてもおかしくなかった。そこからなにかがやってくる。幽霊か宇宙人か、もしくは厄災が。

ぷちぷちぷちぷちぷちぷち……。

とうもろこし畑には、なにかが潜んでいた。わたしたちからは見えないなにかが、こっちを見ている。

道の先は、少し高台になっていて、小さな森につながっていた。歩いていくと、茂みの縁には、丸太が積んであった。そしてその上には、なぜかフライパンが置いてあった。ジョンは肩をすくめて、首を振った。この敷地はジョンだけのものではないのだろうか。共有地なのだろうか。それとも元々、ジョンは知っていて案内してくれているだけで、持ち主ではないのかもしれない。

その丸太のそばには、鮮やかな黄緑色の丸いものがあちこちに落ちていた。表面に皺が寄り、脳みそにそっくりな形をしていた。ちょうど子供の頭くらいの大きさだった。

枝の下をくぐり、森へ分け入っていくとそのほとんど蛍光色に近い黄緑色の脳みそみたいなものは、もっとたくさん落ちていた。見上げると、木の先にもいくつかぶら下がっていた。拾い上げてみると、重くて固かった。ウラディミルとエロスが、力をかけて割った。中身は詰まっていたが、果肉や水が入っているわけではなく、においもなかった。

自動車のドアが木の根元に立てかけてあった。塗装が剝がれ、錆びついたそのドアには、いくつもの銃弾の跡があった。試し撃ち、とは思った。『俺たちに明日はない』のラストシーンくらいに、穴がたくさん開いていた。

鹿がいるよ、とチャックが言った。高低差のある森の奥、チャックが指さしたほうを見たが、わたしには見つけられなかった。ルゴディールは見えたと言っていた。

八月二十日にシーダーラピッズの空港に到着して、アイオワ大学へ向かう車で、運転していたセリーヌに、見ることができるワイルドアニマルはなにかとわたしは尋ねた。鹿、狐、オポッサムとバファロー、それに熊や狼もいるみたいだけどわたしは見たことない。それから七面鳥かな。ワイルドターキー。わたしはバーボンの瓶を思い浮かべた。しかし、そこに描かれている鳥の姿形を、わたしははっきりとは思い出せなかった。

三十分ほど森を歩いてから、緑色の小屋に戻った。小屋は、自分たちで作った、とチャックは言った。小屋の前にある池に向かうウッドデッキを通って、屋内に入ると思ったより広かった。

流し台があり、穴が開いて埃を被ったソファ、ペンキが斑についた古いテーブル、釣り道具、チェーンソー。窓のところには、眼鏡をかけた女性の絵が掛かっていた。誰かの自画像のようで、そこには蜘蛛の巣が張っていた。

夢みたいだとわたしは思った。たぶんこういう場所は、誰かの夢だ。生活の中の夢。毎日の暮らしが厳しくても、自分だけの場所があって、誰にも邪魔されずに何日か過ごせればいいと思うような、そういうところ。今までに読んだアメリカの小説にも、こんな場所が描かれていた。だから夢だ。

チャックとジョンが、車から降ろした食べ物をテーブルに並べた。わたしたちが毎週買い出しに行っていたのと同じスーパーマーケットの袋に入っていた。ターキーハム、ローストビーフ、チーズ、何種類ものディップ、ジャム、パン、クラッカー、緑色のぶどうと紫色のぶどう。

クリスティンとルゴディールはウッドデッキの縁に腰掛け、わたしとアマナとエロスは池のほとりに置かれたテーブルでランチにした。ハムとチーズを載せたパンにジャムをかけて齧った。ポットには温かいコーヒーが用意されていた。チャックはなんて優しい親切な人なんだろう、とアマナやクリスティンが繰り返し言った。

外側から見ると、小屋の基礎や配管には毒々しいオレンジ色の塊がくっついていて、塗料か接着剤の類いなのだろうが、キノコかもしれないと思った。

食べ終わって池の周りで写真を撮った。ボートに乗ろう、とエロスが言った。わたしやクリスティンやジャニンは怖いからいいと言って、エロスとアマナとルゴディールが交替で乗った。池は、鏡のように静かだった。曇り空を映して、金属の表面のようだった。わたしにはその池は、何十メートル、ひょっとしたら何百メートルもの深さがあることがわかっていた。落ちたら絶対に抜け出すことができない、終わりのないそこへと沈んでいく。

わたしは、写真を何枚も撮った。

小屋の外側に生えている低木に、真っ赤な綿毛みたいな花がいくつもついていた。帰り支度をしていたら、クリスティンがその花を三つ四つと髪に挿した。クリスティンは腰まである長い髪を毎日違う髪型にしていた。おろしていたり、三つ編みにしたり、まとめたり。この日は、頭の上でおだんごみたいにしていたから、赤い花はちょうど髪飾りになってよく似合った。クリスティンの褐色の肌と黒い髪にとてもよく映えた。写真を撮って、とクリスティンが言ったので、わたしはiPhoneで角度を変えて何枚か撮った。

クリスティンはわたしよりかなり背が高く、体格もよかったが、膝から下は子供のように細かった。走ったらとても速そう、とわたしは羨ましく眺めた。日本にいてもわたしはかなり背が低いほうだが、アメリカでは自分の体の小ささに驚きさえした。

ワンボックスカーは、再び走り出した。車内では、音楽もラジオもかかっていなかった。そういえば、大学院生たちが運転する車では必ず音楽がかかっていた。ハイキングの帰りにアンディがかけていた曲が気になって、電波がほとんどない中でなんとかShazamで曲名を突き止め(聞けばよかったのだが、わたしはいちばんうしろに座っていた)、日本に帰ってからiTunesでダウンロードして、今、聞いている。アリス・コルトレーン。ジョン・コルトレーンの妻だそうだ。

走っているうちに、晴れてきた。午後の日差しは角度が低く柔らかな色で、やはりもう季節が変わったのだとわかった。四日後はハロウィンで、そのあとサマータイムも終わる。想像がつかないが、真冬にはこのとうもろこし畑も雪に埋もれる。

いくつか家が集まっているところに着いた。

大きなりんごの木の前にある家に行くと、若い男が出てきた。チャックの親戚らしい。ここでようやく、わたしはさっきまでいた農場が彼のものだということを理解した。アマナがお礼にと買ってきた袋いっぱいのチョコレートバーを彼に渡した。彼がシャッターを開けてくれたガレージには変わった形のパンプキンが、たくさん転がっていた。かぼちゃとパンプキンはかなり違う種類らしい。九月の終わりごろからすでに、スーパーマーケットの店先ではハロウィン用の変わった形や特大サイズのパンプキンが山積みで売られていた。

そこにあったのも、日本ではまず見ない形のものばかりだった。細長いの、帽子みたいに平べったいの、釣り鐘みたいな形の。白いの、緑の、黄色いの、斑の。クリスティンとアマナはいくつか選んで、もらった。

りんごの木に、チャックとジョンが登って、枝を揺らした。りんごがぼとぼとと落ちてきた。八月にりんご狩りに行ったときもそうだったが、熟れすぎていたり虫食いのあるものがほとんどで、その中から傷んでいないのを探すのはけっこう難しかったが、手提げ袋二つに詰め込んだ。

晴れ渡った青い、広い空には、飛行機雲が何本も走っていた。それを撮影してInstagramとTwitterにあげると、交差する飛行機雲って日本では見ないですよね、と北野勇作さんから返信があった。日本はたぶん夜中だった。だからアップしたのはその時でなくもっと後かもしれない。ウラディミルは、近くの家の前にあったマリア像をInstagramにアップしていた。モノクロに加工されて、違う場所みたいに見えた。

わたしたちは、また車に乗り込んで、出発した。まっすぐな道を走り、集落が現れては遠くなっていった。アーミッシュの村に行く、といつの間にかそういう話になっているみたいだった。

「チャック」

クリスティンが話しかけた。チャック、アーミッシュっていうのは、住むところが限られているの？

隣に座っていたわたしは、クリスティンが発した「チャック」のその響きを忘れられない。

クリスティンは二十六歳。インターナショナル・ライティング・プログラムの今年の最年少は、エルサレム在住のパレスティニアンのアリスで二十五歳、その次に若いのがエチオピアのクリスティン、それから二十八歳でシンガポールの詩人のハオ・グアン。年が近いから、クリスティンとハオとアリスは仲がよかった。

一方、最年長は、おそらくキプロスの詩人のステファノスで、六十歳かもう少し上（半年経ってマニラでエロスが企画してくれたイベントに参加して七人の作家に再会したときに、ステファノスが六十七歳だと知った。ステファノスはライダーズジャケットにサングラスが似合って、ヨーロッパの映画に出てくる人みたい、とわたしは思っていた）。

アメリカでは、プロフィールに年齢を書かない。就職の面接でも年齢は聞かないらしい。ＩＷＰの作家は、直接話したり、聞いたり聞かれたりして年がわかっている人もいたが、半分くらいは正確な年齢をわたしは知らないままだった。とにかく、二十五歳から六十代まで四十の年齢差があって、皆、ファーストネームで呼び合っていた。

中には、苗字というのか、文化によって姓やラストネームの概念も違うので一言で言えないが、習慣か呼びやすいからか別の名前で呼んでいる人もいたが、おもにはファーストネームで、そして敬称はついていなかった。

もちろん、英語にだって敬語や丁寧な言い方はあるし、たとえば教授に対して最近の学生は友だちみたいなメールを送ってきて困る、という話も耳にしたが、日本で年齢や立場や、なんとなくの雰囲気で、「さん」づけだったり、あだ名だったり、苗字だったり、呼び名を変えることで生じる関係とは違う、フラットさがやはりあった。

最初は、名前を聞き取ることさえ、難しかった。クリスティンや、チャックやジョン、ヴァージニアみたいな英語系の名前はすぐにわかるが、聞いたこともない名前、特に子音が続くスペルだとどう読めばいいのか見当がつかなかった。ナイジェリアは日本語と発音が似ているのか「ウカマカ・オリサク」「オバリ・グンバ」とカタカナではっきり書けて漢字まで当てはめられそうな響きだったが、南アフリカの「Prya」をプリヤと呼んでそれが合っていたのか、今でもわからない。さらに、プリヤはプロフィールでは「D.P.Zela」という名前で、「Prya」が愛称なのか本名だったのかもよくわからないままだ。とにかく、耳で聞いた通りを発音していた。だからあまり聞くことのなかったファーストネーム以外の名前はいまだに発音できないままだ。

そういえば、コモンルームにいたとき、プリヤが言う「ガリート」の発音が変だという話になったことがあった。四、五人で順に発音して、違うよと笑っていたが、プリヤの「ガリート」とわたしの「ガリート」のどこが違うのか、わたしの耳ではちっともわからなかった。

ヴァージニアに、日本ではあんまり名前で呼ばないから、と話したこともあった。

「知ってる、親しくないと呼ばないんでしょ」

「ううん、親しくてもけっこう呼ばない。特にわたしは友だちにも『しば』って呼ばれてて、名前で呼ぶのは親ぐらい」

「ほんとに？」

日本人と仕事での付き合いがあるインドネシアのユシは、わたしのことをずっと「トモカサン」と呼んでいた。

トモカ、とプログラムの最初の日にクリスティンに自己紹介したとき、クリスティンは驚いた顔でわたしをじっと見た。

「トモカ、って、エチオピアのコーヒーの名前なんだよ」

日本にいれば、二十六歳の女子が、最近知り合ったばかりの六十代男性を「よしお」などと呼ぶことはほぼない。

小説家の仕事をするようになってからそれまでの会社員だったころとは違う人間関係を経験したし、インターナショナル・ライティング・プログラムの参加者とは全員が「writer」であるという親しみを感じ合っていたのもある。それでも、名前だけで、年齢や立場で変わることなく呼ぶことは、わたしにとって今までに体験したことのない関係性で、その中にわたしはいた。

小さな町を通ると、教会があった。アイオワシティの中心部にいくつもあるゴシック様式の趣がある外観ではなく、ごく普通の家か事務所のような建物だった。看板の文字を誰かが読んだ。

「メノナイト」

アーミッシュのように戒律の厳しい宗派だが、たしかアーミッシュより制限が少なかったはず。と思いつつ、わたしはアーミッシュについても、他のキリスト教の宗派についてもたいして詳しくはなかった。

さらに三十分くらい走った小さな町の空き地に、馬車が止まっていた。黒い客車に黒い馬。二頭の馬は、脚がとても太く、たてがみが長かった。

「写真を撮ってはいけないよ」

チャックが言い、わたしたちは車から降りた。

馬車の傍には、二人の男が立っていた。麦わら帽子、胸まである長い顎髭、白いシャツに黒いベスト、黒いズボン。チャックは、調子はどう、というような感じで彼らに話しかけた。彼らも、世間話みたいに応じ、それから、チャックがわたしたちを、アイオワ大学に滞在している作家だと紹介した。そしてわたしたちは、それぞれどこの国から来たのか、順に名乗った。馬が、ぼとぼとと糞を落とした。

空き地の向こうでは、建設中の建物の屋根の上に十人くらいの男がいて、作業をしていた。やはり皆、麦わら帽子を被り、長い髭で、サスペンダーでズボンを吊っていた。こちらに視線を向ける人もいたが、ほとんどは黙々と作業を続けていた。

わたしたちは、礼を言って、また車に乗った。今度は、アーミッシュのスーパーマーケットに案内するよ、とチャックは言い、十分ほど走った先で車を降りると、目の前を女の人が横切っていった。青みがかったグレーの長いワンピースよりなにより、頭の布が目立った。まとめた髪を覆う、白い布の飾りみたいなもの。なんという名前なのかわからなかったが、連想したのは『フランダースの犬』、ネロの友達の女の子だった。つまり、わたしにとっては、絵本や百年以上前のヨーロッパを舞台にした物語の中の登場人物が、同じ空間を歩いていったように思えたのだった。

スーパーマーケットに入ってみると、レジにいる女性も、客の女性も、皆、同じ服装をしていた。藍染めの青と灰色のグラデーションの、袖は手首まで、裾は足首まであるワンピース。白か、ワンピースと同じ色の頭の布。

店内は簡素で、広告や装飾、派手な値札などは一切なかった。ただ、食べ物は思ったよりバリエーションがあった。素朴で、できあがったものよりも材料が多く、ほとんどが透明なビニール袋かプラスチックの容器に入っていたが、真っ赤や真緑の、昔のケーキにのっていたような砂糖菓子も並んでいた。アメリカではオーガニックやベジタリアンが流行していて、どこのスーパーマーケットに入ってもオーガニック、ヴィーガン、グルテンフリーなどの表示があるもので溢れているが、この店に並ぶものは、それとはまた別の基準があるようだった。

なにはともあれ、値段が安かった。アメリカで物価の高さ、特に食料品の価格に辟易していたので、あと五日しかアイオワにいないうえにスーツケースにどう荷物を詰めようか悩んでいたのに、茶葉やポテトチップスやアップルバターを買ってしまった。どれも、普段行く店の三分の一くらいの値段だった。クリスティンも特大サイズのココナッツオイルを買っていた。

走る車からは、ときどきアーミッシュの家が見えた。洗濯物が干されていたから、すぐにわかった。アメリカでは、洗濯物を干さない。外に干すと乾燥機も買えない貧困家庭だと思われてアパートや地域のイメージが悪くなると苦情が来るとも聞いたが、こんなにお天気のいい広々した空の下で洗濯物を干せないことは、わたしがアメリカにいて最も理不尽に感じることの一つだった。丘の上にぽつんと建つ家の庭で、ぴんと張られた長いロープに、多くの洗濯物がはためいていた。青と灰色のグラデーションの洋服は、美しかった。見つけるたび、うれしくなった。

そのあと、もう一軒、アーミッシュの小間物屋というか、生活道具から子供のおもちゃまで売っている小さな店に立ち寄った。男の人たちが被っていたつばがまっすぐな麦わら帽子が、棚に積まれていた。産みたての卵が一ダース一・五ドルという値段で売られていて、これもクリスティンは買った。あと五日やのにどうするん、と聞いたら、笑っていた。

店の隣の囲いには、その卵を産んだ大勢の鶏が歩き回っていた。店の裏側に回ると、大きなボイラーみたいな機械があった。電気を使っていなくて蒸気かなにかだと、チャックは言った。店の周りは、広大な畑だった。植えてあった野菜を収穫した後で、藁や葉が散らばっていた。緩やかに傾斜した畑は、いったん谷へ下り、そこからまた高くなって遠くまで続いていた。高低差のある道を自動車が走り、その横を馬車がゆっくりと移動していた。馬車が交通事故に遭うことも多いと、あとから知った。

わたしは、遠ざかっていく馬車を見ていた。日が暮れるまでに、あの馬車はどこかに帰れるのだろうか。家は、どれくらい遠いのだろうか。

ここはどこなのだろう。

見渡す限りの茶色い土を眺め、わたしは地図を思い浮かべた。アメリカの真ん中に、彼らは住んでいる。メノナイトやアーミッシュ。ロデオ会場にキャンピングカーで集まっていた人たち。あるいは、前にテレビで見た、進化論を信じていなくて子供の教育も家で行う人たち。まったく違う生活、信仰、世界。

ここは、どれくらい遠いのだろう。

アイオワ大学から、わたしたちが訪れたアメリカの大都市から、テレビの中の、選挙戦で大騒ぎしている場所から。

六日後に、わたしたちはアイオワを離れる。

三列目のシートに、クリスティンと並んで座っていた。

「クリスティンもプログラム終わったあとニューヨークにしばらくいるんやったよね」

わたしは選挙の結果を見たくて、滞在を三日間延長することにしていた。

「うん。二週間ぐらいいるかな。ニューヨーク大学で朗読とワークショップをやるから、来てよ」

「ほんと？　何日？」

巨大なトラクターがとうもろこしを刈り取って行くのが見えた。

とうもろこしが残っているのはあとわずかだった。わたしたちが出発したあと、雪が降る。そうしたら七面鳥たちは、森に隠れるのだろうか。

四日後、クリスティンの部屋の前を通ると、ドアが開きっぱなしになっていた。掃除機をかける人の姿が見えた。授業が終わってから、クリスティンのお父さんが倒れて、クリスティンは早朝に両親が住むカリフォルニアへ向かったのだと知った。

その次の朝、朝ごはん部屋の前で、ヴァージニアが、クリスティンといちばん仲がよかったシェナズに様子を聞いていた。

「お葬式は、一週間後だって」

そんなに先？　とわたしが思ったのと同時に、ヴァージニアが驚いた声で言った。

「そんなに早く？　どうして？」

「そうだよね、早すぎるよね」

慣習の違いで思ったより早く家族と別れなければならないのは、辛いことに違いない。シェナズは、クリスティンからだと言って、エチオピア音楽のＣＤをわたしに渡した。わたしは、クリスティンにメールを書いて、送信した。

七日後、わたしたちはニューヨークにいて、ほとんどは自分の国に向けて出発した。アメリカ大統領選挙の投票日だった。クリスティンは、カリフォルニアにいた。

四か月経って、わたしはロンドンにいた。イギリスに来たのは初めてだった。

着いた翌日、大英博物館に行ったらエチオピアの民族衣装を見つけた。白くて柔らかい布地の袖も裾も長くゆったりした、襟元が刺繍で飾られたワンピース。クリスティンがセレモニーで着ていたのと、そっくりだった。わたしはそれを撮影して、WhatsAppでメッセージと画像を送ったが、返事はないままだった。エチオピアでは前の年の秋からSNSが遮断されていることを知ったのは、その二か月後にマニラでクリスティンに再び会えたときだった。

二月の終わり、ロンドンは寒くてずっと曇っていてときどき雨が降った。元は発電所だったテートモダンでヴォルフガング・ティルマンス展を見た帰り、ミレニアム・ブリッジを渡って、セント・ポールズ駅から地下鉄に乗った。とうに日が暮れていた。ロンドンの地下鉄は、明るく、きれいだった。ニューヨークでもシカゴでもサンフランシスコでも地下鉄は古くて暗くてぼろぼろだったから、意外だった。エスカレーターが速かった。

ホームに下りて、顔を上げると、壁に巨大なアイオワおじさんがいた。「アメリカン・ゴシック」が、特大サイズのポスターにデザインされて、貼ってあった。どこかの美術館で一九三〇年代のアメリカ絵画の展覧会があるようだった。

わたしは、すでに、アイオワから遠かった。

どこまでも続くとうもろこし畑。緑色と枯草色。地平線。密度の薄い空間。途方もない空気の量。人間の気配のない、広大な土地。

それをもう、正確には思い出せなくなっていた。

あの日、農場を出る間際、チャックが、七面鳥が飛んでいるところを見られるよ、と言った。

わたしたちは、小屋の裏側の道へ出た。

向こうの草むらの中をジョンが、気配を消して移動していた。ジョンは、さっきまでわたしたちといっしょにいたのに、いつの間にかずっと遠くにいた。ジョンがいるその場所まで、どこにも道はないように見えるのに、ジョンはどこを通るべきか完璧に把握していた。ジョンは、その草の下にいる七面鳥を追い立てているのだった。

「あれだ！」

ささやき声で、チャックが言った。

あれを見て！

わたしたちは、とうもろこし畑のあいだの道に立ち、その先を見た。

黒い影が、飛び立った。三つ、四つ。三メートルか、四メートルほどの高さを影は飛び、そして、とうもろこし畑の中に消えた。七面鳥かどうかは、わからなかった。

ニューヨーク、二〇一六年十一月

ニューヨーク、二〇一六年十一月

三日間ニューヨークに居残るという自分の選択を、十一月八日の午後には、わたしは猛烈に後悔していた。

前の夜は、ホテルのはす向かいのバーでさよならパーティーがあって、かなり酒を飲んだから自分では全然わかっていなかったがすごい勢いで時間が経っており、いつのまにか自分も含めて三人しか残っていなくて、午前三時とか四時とかになっていたらしいのだが、朝はたいして疲れも残らずに八時には目が覚めた。

朝ごはんの部屋に行くと、何人かの作家に会えてほっとした。すでに十人近い作家が空港へ向かった後だなんて、実感がなかった。

ほっとした、と書いたが、わたしはそのとき誰に会ったのか、これを書いている十か月後の今ははっきりとは思い出せない。オディはいた気がする。タティアナも。そこで別れの挨拶をした人もいたと思う。

わたしはプログラムの最後、ワシントンDCとニューヨークの旅行を終えてからも三日間、ニューヨークにいる予定だった。

アメリカに出発する前、七月に東京でケンダルさんに会った際、そういえば十一月には大統領選挙がありますからもしかしたら見られるかもしれませんね、と言われ、帰宅してすぐに調べたら、大統領選挙の投票日は十一月第一月曜日の翌日、二〇一六年は十一月八日。ビザの申請で何度も記入した、プログラムの終了日、帰国日、まさにその日付だった。そんな日に結果を見届けずに日本に帰る飛行機に乗るのはもったいなすぎる、とわたしは思い、自分でアッパーウエストのホテルを三泊予約し、追加料金を払って帰りの便を変更してもらったのだった。

マンハッタンで二泊したホテルは、タイムズスクエアから徒歩三十秒という、クレイジーな場所にあった。あちこちが工事中で、どれが仮設でなにがそうでないのか区別がつかないタイムズスクエアの真ん中には、どこかのテレビ局の中継ステージが用意されていた。書き割りには部屋の窓が描かれている。スタッフらしい姿はなく、記念撮影用なのかと思ってしまうほどほったらかされていた。

しかし、それ以外に大統領選挙がこの日にあると感じさせるもの、たとえばポスターや旗の類はなにもなかった。渋滞の車からクラクションが鳴り響き、観光客で溢れ、渋谷の交差点の何十倍の数の電光モニターに絶え間なく過剰な光がうごめいて、それはタイムズスクエアで一年中繰り返されている光景に過ぎなかった。

ホテルのチェックアウトは午前十一時、移る先のホテルのチェックインは午後四時だった。三か月分の荷物を詰め込んだ特大のスーツケース二つにリュックサックとショルダーバッグを持ってうろうろはできないので、荷物を預けて、近くで誰かとランチでも、と思っていた。ニューヨークで最も好きな場所の一つである市民図書館も、すぐそこだった。

なんとか荷物を詰め込み、十一時ぎりぎりに一階のロビーに降りた。ロビー、といっても、わたしたちが泊まっていた別館のロビーは、小さなデスクが二つに、ソファセットが一組あるだけの、狭い空間だった。そこには、プログラムのスタッフのキャサリンが、出発する作家たちを空港までの車に乗せるために待機していた。

すでにプログラムを離れた作家もいたが、それぞれの行き先、乗り継ぎ先で出発時刻が分かれていた。香港やパリなどの乗り継ぎ先までフライトが同じ作家もいて、羨ましく思った。わたしはもともとの予定でもおそらく一人だっただろうが、このあとは一人でなにもかも手配しなければならないことに不安を感じてもいた。

わたしはガリートとしばらく表で立ち話をしていたが、タティアナとヤロスラヴァが、チェックアウトを済ませたからいっしょになにか食べに行こう、と声をかけてきた。

埃っぽい通りを歩き始めてすぐ、ハンバーガーが食べたい、とヤロスラヴァが言った。昨夜、さよならパーティーをしたバーの表に、特製ハンバーガーのイラストを描いた黒板が出ていた。

わたしは、つい二時間前に朝ごはんを食べたところだったし、ガリートもそんなには食べられない、と言った。わたしは飲み物だけでいい、というつもりで、「drink」を使ったら、え、まだ飲むの？　とヤロスラヴァに怪訝な顔をされ、タティアナが、彼女は食べ物じゃなくてカフェがいいって意味で言ってる、と解説してくれた。日本語でも「飲みに行く」って言うたら酒のことやもんな、と思いつつ、わたしはコーヒーは飲めないのでたとえばジュースの類のときでも cafe

でいいのだろうか、などと考えた。

　ロシア人で二十九歳の劇作家であるヤロスラヴァは、プログラム参加者の中でわたしの次に英語が不得手だったが、ウクライナのタティアナがロシア語も英語も堪能だったので、発表の際にもいつも通訳をしていた。ちょっと不器用で素朴な雰囲気（しかし作品には社会に対する鋭い批判や激しい感情が込められていた）のヤロスラヴァにつきそう、モデルみたいにすらりとしたタティアナは、よいお姉さん、という感じだった。

　結局妥協点は見つからず、タティアナとヤロスラヴァはバーに入っていき、わたしとガリートは近くでお茶をすることになった。わたしがいつものようにiPhoneのグーグルマップスで検索して、タイムズスクエアの交差点の向こうに「Tea」と看板の出たチェーン店を見つけ、そこに入って二人とも紅茶、それからガリートはレモンケーキを注文した。

　お昼前の中途半端な時間だからか、店は空いていた。大きなテーブルの端に向かい合って座り、甘い生地にさらに甘いアイシングがたっぷりかかったケーキを分けた。一口食べるなり、ガリートは笑い出した。

「Punishment!」

　イエス、シュガー・パニッシュメント、とわたしも笑った。こんなパニッシュメントも、今日で最後だ。二人で、ほかの作家のことをあれこれ話しているうちにものすごくさびしくなった。わたしは特に、別の人から話を聞いて作家たちの事情やできごとを時差で知ることが多かったので、そのときも、それならもっと話せばよかった、と思うことばかり聞いてさびしい気持ちがどんどん募り、わたしもガリートも別れの挨拶ができなくて今は空港に向かっているかすでに飛行機に乗ってしまったかもしれないエロスにWhatsAppでメッセージを送った。登録してある電話番号がアメリカの国番号になっていたから、出発してたらもう届かないかも、とわたしは言ったが、すぐに返信があった。

ガリートは、わたしに中学や高校の教室を思い出させた。気が強くて、感情の変化がわかりやすくて、それをすぐに行動に出す。黒髪に黒い瞳、濃い眉毛の美人で、いつもカラフルなワンピースを着ていた。ニューオーリンズ旅行の時に空港でユダヤ人の新年の歌を歌っていたし、朗読の時もギターを弾いて歌を歌っていて、十二歳と六歳の子供がいるようにはとても見えなかったが、夫や子供の話をしているときはいつもすごく幸せそうだった。

ウラディミルからメッセージが来て、甥と姪へのお土産をトイザらスかディズニーストアで買ったら合流するよ、とあった。わたしとガリートは、砂糖の罰を半分ずつ分け合って最後まで受けた。

ぬいぐるみやおもちゃの詰まったディズニーストアの袋を提げてやってきたウラディミルは、ハオとアリスとシェイクシャックで落ち合うことになっている、と言った。映画『バードマン』の舞台になった劇場の前を通って、八番街に出た。横断歩道の向こうにあるシェイクシャックには行列ができていた。東京もニューヨークも同じだ。シカゴもサンフランシスコもロサンゼルスも大阪も、この翌年に行ったロンドンも。繁華街の交差点を囲むのはH&M、ZARA、FOREVER 21、GAP、それからユニクロ。ディズニーストアにアップルストア、スターバックス。お土産を買って帰っても、ほとんどは日本でも売っている。

と、言いつつも、並ぶのが嫌いだから東京のシェイクシャックには行っていなかったので、食べてみたい気持ちはあった。

シェイクシャックの前まで行ってみると、アリスが店の前に出てきていた。超満員の店内では隅のカウンターに二人分、ハオが席を確保してくれているらしい。アリスは、並んでいる間に空くといいんだけどね、と話しつつ、わたしやガリートの注文を聞いて、ウラディミルとレジに並んでくれた。行列の横から中に入ると、木製のテーブルに緑色の表示板で、ファストフードのプラスチック感とは一線を画してます、とアピールするようなシンプルな内装だった。たしかテーブルの木はボウリングレーンを再利用して作ったものだ。つまり、物語。ホルモン剤を使用しないアンガスビーフ一〇〇パーセント、オリジナルのレモネード、トレーの印刷に使ったのはソイインク、ミネラルウォーターの売り上げの一パーセントは自然保護に寄付、椅子もビールもブルックリンで作られ、その物語に、わたしたちは並び、マクドナルドの三倍の金額を払う。

注文を済ませたアリスとウラディミルが番号札を持って戻ってきた。ハオとアリスは、国連本部を見学しに行っていたらしい。サイトで予約が必要だけど絶対行ったほうがいいよ、と二人は興奮気味に話し、撮ってきた画像をスマートフォンで見せてくれた。

席はなかなか空きそうになかったが、ガリートが、傍のテーブルの男性グループに、食べ終わったらうちらに譲ってな、と話しかけていた。わたしたちは世界各国から集まった作家で、三か月間アイオワにいててん。へえーっ、それはすごいねえ、とアメリカ人らしい陽気さで他の州からの旅行者である二人は応え、席を約束してくれた。

シカゴ旅行で夕食をどこで食べていいかわからずに明かりの消えたオフィス街をさまよっていたときも、ガリートは、道にいた警察官に「このへんで安くておいしい店教えてくれへん?」と尋ねた。そういうところも、大阪のわたしの友人と似ていて、ガリートの話す言葉は、わたしの頭の中ではだいたい大阪弁に変換されていた。そのスカーフ、めっちゃきれいな色やなあ、やらかいし。髪、まっすぐでええなー、わたしすぐ癖出るねん。もうええわ、わたし、帰るし。

四人用のテーブルに、荷物の多い五人で詰めて座った。シェイクシャックのハンバーガーは、おいしかったが、行列して、日本円で約七百円だと考えると、そこまで感動するような味ではなかった。わたしはもともと味覚がジャンク寄りなので、カリフォルニアに行ったときに誰もが勧めたイン・アンド・アウトも、他のハンバーガーチェーンとそんなに違うとは思えなかった。それよりも、カールスJr.やウェンディーズのほうが自分にとってのアメリカのイメージだし、好きだった。それか、二十四時間パンケーキが食べられるIHOPとか。東京の英会話教室でサンフランシスコ出身のインストラクターに、アメリカに行ったら絶対IHOPに行かなきゃ、と言われていた。ロサンゼルスのカウンティ美術館のそばのIHOPは、わたしがアメリカで食事をした店の中では、人種も年齢も男女もいちばんいろんなタイプがいて、それも好きな理由だ。映画『アイ・アム・サム』で知的障害のある主人公が娘と毎週必ず行くのを楽しみにしている場所であるのも、納得だった。International House Of Pancakes の略称という馬鹿げた名前も素敵だ。

ハンバーガーは、すぐに食べてしまった。レモネードも何分もかからずに飲んでしまうだろう。

チーズソースのかかったポテトフライでも頼めばよかった、とわたしは思った。

この三か月のあいだ、毎日繰り返してきた作家たちとの食事。この混み合った店の隅の、慌ただしいランチが最後だとは、信じられなかった。だけど、皆のフライトの時間は迫っていたし、待つ人の視線を感じて、わたしたちは席を空けなければならなかった。

ホテルに戻ると、ロビーでは何人かが出発を待っていた。タティアナとヤロスラヴァは、もう発ったあとだった。残っているのは、あと十人ほどになっていた。

チェウォンは、ボストンに住んでいる娘が迎えに来た。ほかにも、家族や親戚がアメリカにいる作家は何人もいた。滞在中もそのあとも、以前留学していた街や友人のところを訪れる作家もいた。あちこちのレジデンシーに参加経験のある作家も多かった。ウカとシェナズは、ピッツバーグであと一か月、別のレジデンスに参加する。ヴィヴィックもどこか他の都市へ移ると聞いた。

わたしは、こうして仕事で外国を訪れるようになるまで、外国で勉強することや働くことは、とても遠い、別の世界の人たちのことだと思い込んでいた。大陸を行き来する距離を、何度も移動している人たちが、その距離が「life」の一部である人たちが、こんなにもいるのだと、理解し始めたのはやっとこの数年のことだ。

誰かが発つたびに、順番にハグし、お礼と別れの言葉を交わし、Take care, Safe travel, と言って手を振った。こんなときは、誰よりも早く旅立ったほうがいい。そのことに、そのときになってやっと気づいた。順に見送って、最後まで残るなど、それこそパニッシュメントだった。

ウラディミルが発ち、ガリートとオディが発ち、ワシも発ち、ロビーのソファには、ハオとアリスとグンバとわたしだけになった。

荷物を預けたまま美術館かどこかに行くこともできたが、一人で観光に出かける気も起きなかった。三か月と、特にこの一週間のワシントンDCとニューヨーク旅行で疲れていて、それはたぶん他の作家も同じだった。

別れの時間が迫るのはかなしいのに、ただ時間が過ぎるのを待つ矛盾した時間を過ごすのはつらかった。トイレは本館のロビーにしかないので、わたしは連絡通路に向かった。そこは通路というより、建物の裏側に簡単な囲いがついた物置みたいな空間で、薄暗く、そこだけとても寒かった。わたしたちや他の旅行者が預けたスーツケースが、壁際にごたごたと寄せてあった。

本館に入ったところで、ハオと鉢合わせた。

「あれ？　ハオ、どこか行くの？」

「悲しすぎて耐えられないから、図書館に行ってくる。誰かに聞かれたら、どこに行ったか知らないって言っておいて」

「……うん、わかった」

二十八歳のハオは、心優しい子だった。クリスティンのお父さんが亡くなったことにもとても動揺していて、話もできないまま別れてしまったことを悲しんでいた。

戻ると、さっきのハオとの会話を知っているかのように、アリスに聞かれた。

「ハオを見なかった？　さよならを言いたいんだけど」

わたしは、ごめん、わからない、と答えた。そしてとうとう、アリスとグンバと三人だけになった。共通の話題もあまりなく、パソコンやスマートフォンの画面を見たりしていた。わたしは、傍らのコーヒーテーブルに盛られたりんご（こういうのは飾り物だと思っていたが、ほかのホテルでもみんなけっこう食べていた）と、「ＺＥＮ」とタイトルにある水墨画集を、ただ見つめていた。

ハオは、ほんとうにそのまま帰ってこなかった。ブルックリンの友人の家に泊めてもらって月末ぐらいまで滞在するというハオとは、夜に選挙イベントに行く約束をしていた。わたしは明日も、あさっても、会うかもしれない。でも、アリスとグンバは、もうじきアメリカを離れる。

三十分ほど経過して、次のホテルに向かってもいい時刻になった。わたしが、わたしは行くよ、と言うと、アリスがホテルの人にタクシーをつかまえるように頼んでくれた。二十五歳のアリスのほうが、わたしよりもよほど経験豊かで、親切で、外国や旅行でどう行動すればいいかよく知っていた。

制服を着たドアマンが、道に立ってタクシーを探した。こんなときに限って、なかなか現れない。特大のスーツケースを置いた歩道の傍らで、わたしとアリスとグンバは並んで立っている。ほんとうにもうわずかな時間、タクシーが来るまでの時間しかないのに、わたしは話す言葉がない。でもたぶん、日本語でも、わたしはこういうときに話ができない。もしくはどうでもいい間抜けな話、はす向かいのデリで売っている「お〜いお茶」というのは日本でとてもポピュラーな緑茶です、みたいなことをしゃべり続けるか。

やっと続けて二台、黄色いタクシーが走ってきて、その後ろの一台が停まった。グンバが、重くて大きいスーツケースをタクシーに積み込んでくれた。

わたしは、アリスにもグンバにも、ろくなお礼も言えなかった。サンキューにソーとかマッチとかリアリーをつけるくらいしか、語彙がなかった。英語の勉強が足りなかったことを、心から後悔した。

ドアマンがドアを閉め、タクシーは走り出した。歩道に立つアリスとグンバは、すぐに見えなくなった。

タクシーは、採用されたときに話題になった、日産のミニバン型NV200で、車内は広々していた。運転手は、まったく愛想のない年配の女性だった。運転席に後ろに掲げられた証明書を見ると、東欧系のような綴りだった。見事な白髪で、「おばあちゃん」と呼びかけたい雰囲気だった。そしておそらく、耳が遠かった。最初は自分の英語が下手とかそういうことで無視されているのかと思ったが、何度目かに「えっ？」という感じで気づいた様子からは、単にあまり聞こえていないだけだと推測された。

サンルーフからは、高層ビルが見えた。煉瓦のビルではなく、薄緑に光るガラスのビル。通りの表示看板を確かめると、まだミッドタウンだ。渋滞でなかなか進まない。

わたしは、アリスとグンバにWhatsAppでメッセージを送った。だけどそれも、さっきと同じ、貧弱な語彙の、ありきたりの言葉でしかなかった。パレスティニアンのアリスは四月になにかの行事に呼ばれて日本に来たことがあると言っていたから、これからも会う機会があるかもしれないが、ナイジェリアのグンバには会うのは簡単にはいかない。旅行が苦手な自分にとって訪問が難しそうな場所（ボツワナ、南アフリカのダーバン、イラク、ガイアナ、ロシアのエカテリンブルク。ベネズエラの政情不安は当分続くだろう）の作家が順に思い浮かび、そして簡単に行けそうな場所にいる作家だって会えるかどうかわからないこともわかっていて、むちゃくちゃな英語でも、全然通じなくても、もっと話せばよかった、とにかくなにか言えばよかった、と、そんな気持ちばかりが押し寄せ、マンハッタンのいちばんきらびやかなあたりの景色も、ただつらいだけだった。

重い曇り空で、雨がぽつりぽつりとルーフガラスに落ちてきた。

マンハッタンは、大阪の中心部と同じく、格子状の道で一方通行が交互に並んでいる。この方角から行くとホテルの前に行くには遠回りをしなければならないのだが、運転手にそれを説明するのはあきらめてブロードウェイ沿いの交差点で降ろしてもらって歩いた。

右にも左にもスーツケースを引きずってホテルに到着し、四階の部屋に入った途端、ぐったりして崩れ落ちそうになった。

部屋は、暗かった。ブラインドが降りた窓の外を確かめると、真っ暗だった。

アメリカに滞在中、アイオワでは建物の内側に向いた無骨な室外機と砂利しか見えない端っこの部屋、シカゴでも裏のビルの非常階段、ニューオーリンズはかろうじて通り側ではあったが二階で向かいの建物が迫っていた。ワシントンDCでは申し訳程度に作られた狭い吹き抜けに面した窓しかなく、そこから見える向かいの窓はオフィスの乱雑なデスク。タイムズスクエアでも二階で、壁一面の広々したガラス窓からは非常階段とごみ置き場、そして上階から投げ捨てられた空き缶。それがこのプログラムでわたしが泊まった部屋たちだった。

アイオワでは、作家の半分は、アイオワ川に広い空、もしくは芝生の広場にアイオワシティのシンボルである昔の議事堂が眺められる部屋だった。ニューオーリンズではウカマカは高層階の部屋でミシシッピ川と街が一望できると言っていたし、二日前にヘンズリーは自分の部屋は摩天楼とタイムズスクエアの電飾が見わたせて、まるで『攻殻機動隊』みたいな眺めだと言っていたのに、単なる「くじ運」とはいえ、あちこち旅行をさせてもらって文句を言える筋合いではないが、それでも、あまりにも不運だ。

ヴァージニアに「眺めのない部屋」ってエッセイを書こうかな、と冗談で話したが、そのとどめになるような部屋に、最後にたどり着いてしまった。

ブラインドを上げてみると、裏手に新しいビルが建設中だった。その足場や覆いなどもあって、裏庭はトンネルのような暗さになっているのだった。

二〇一二年に「Monkey Business」のイベントに参加して初めてアメリカに来たときに泊まったこのホテルの、そのときは確か十一階の部屋の外は屋上で、初夏の青い空が広がっていた。マンハッタン独特の給水塔がのっかった屋根や、テーブルセットが置かれた屋上が見渡せた。その思い出があったからこのホテルを予約したのに、シングルルームがほぼないアメリカで、しかもマンハッタンのホテルは相当割高なのだが三か月の滞在で自分で支払う三日間くらいはと思い切って予約したのに、これは、ない。かなしい。

ただ、部屋自体は、四年前に泊まったのとほぼ同じ、落ち着いたいい雰囲気だった。ニューヨークらしい煉瓦のかなり古い建物、赤い絨毯、家具も年季の入ったクラシカルなものだった。それにミニキッチンに冷蔵庫、電子レンジがあるので、買ってきたものをゆっくり食べられる。

ワンブロック先のスーパーマーケットで水を買って戻り、紅茶を淹れて一息ついてから、地下鉄に乗ってハオと待ち合わせたイースト・ヴィレッジへ向かった。地上に出ると、もう完全に夜で、小雨が降っていたが傘を差すほどでもなかった。

ハオが検索してくれたテイクアウトがメインの中東料理の小さな店で、ピタにケバブを挟んだのとアイランを頼み、わたしはホテルの部屋がまたもや「No view」なのだとハオに話した。

店を出て歩き始めると、雨は止んだ。人出はけっこうあった。近くには、スシ、焼き鳥、うどん、ラーメン店もあったし、世界中のあらゆる料理が食べられるのではと思うほど各国料理のレストランがひしめいていた。学生か、仕事帰りっぽい彼らは、いつもと同じようにこの街を楽しんでいて、大統領選挙の日だからと変わったことはなにもなさそうだった。ただ、窓越しに見えるレストランやバーの店内では、モニターがあるところはどこでも大統領選挙の特別番組を映していた。モニターがある店のほうが、客が入っていたし、外から中を気にする人もときどきいた。わたしとハオも、それを確かめながら二番街を南へ歩いた。

角を曲がり、店が途切れたあたりに、投票所があった。高校の入口に、矢印の張り紙がしてあった。英語とスペイン語、中国語の簡体字と繁体字が並んでいた。

アメリカでは、選挙権があっても事前に登録しなければ投票できない。期日前投票も日本みたいに選挙期間中やっているわけではなく、日時も場所もかなり限定されているようだった。十月の終わりにアイオワ大学の学生会館で、期日前投票の長い列ができていたのを見かけた。選挙にある程度の熱意が必要になるこの仕組みが、結果を左右した理由の一つだというのは、あとになって気づいたことだ。

ハオは、その案内板の写真を撮った。もう投票は締め切ったのかな、人いないしね。

そしてハオは、シンガポールでは兵役は十八歳からなのに、選挙権は二十一歳から。つまり、自分たちのことなのに選べないんだ、という話をした。兵役は「military service」だが、日本語で使われる接客業の「サービス」をどうしてもイメージしてしまうし、目の前にいる「眼鏡男子」な外見でつい「ハオくん」と呼びたくなってしまう彼と、「軍隊の訓練」を結びつけるのは難しかった。ハオも兵役に行ったんだよね、とわたしは聞いた。そんなに大変ではなかった、自分はそれなりに楽しんだよ、とハオは答えた。それでもやはり、その姿は思い浮かばなかった。

住宅街を、わたしたちは話しながら歩いた。

「なんでプログラムの最後が旅行なのかな、とわたしは思っていた。ずっと過ごしたアイオワで別れたほうがいいのに、と。荷物を運ぶのも大変だったし。でも、今はなんで最後が旅行なのかわかる」

「なんで？」

「疲れて、帰りたくなるから」

わたしは疲れていた。帰りたいわけではなかったが、アメリカ滞在がもう終わりでもいいかなという気持ちには傾いていた。ニューヨーク滞在はとても楽しみで、美術館も書店も、できたらオペラか演劇なんかも行こうと計画していたのに、あと丸二日間の予定を考えることができなくなっていた。

ラファイエット・ストリートを越え、地下鉄の出口がある交差点を渡って、目的地はその先だった。

手前のビルの壁には、大きな熊の絵が描いてある。カリフォルニア州の旗だ。「California Republic」のロゴ。十九世紀にメキシコ人を追い出してカリフォルニア共和国を作ったときの旗。それがなぜニューヨークのロウワー・マンハッタンで描かれているのかわからないが、ビルに入っている会社かなにかが関係あるのだろう、とわたしは推測した。初めて歩く界隈で、一階に店、特にスポーツ用品や衣料の店が入っている建物が多いが、全体にはオフィス街という感じだ。繁華街や観光地の賑やかさとは違った。

入口の前に長い行列ができているところがあり、それがイベントが行われる書店だった。ハオが、ドアの内側にいる店員に聞いて、予約は必要ないが、当分入れそうにないことがわかった。

どこか、別の店でしばらく過ごして、また戻ってこよう、とハオは言い、わたしは同意して、来た道を戻った。角を曲がる手前にスポーツ・バーがあったよね、うん、中継してるのが見えたね、中継やってる店はたくさんあったからどこでもいいよ、と話す間にそのスポーツ・バーに着いて、人は多かったが入れそうだったので入った。

青と赤と白の風船で飾り付けられた店内は、身動きできない程の客でごった返していた。人の隙間を掻き分けてカウンターでベルギービールを買い、通りに向いた窓に面した隅に一つだけ空いているスツールを見つけ、二人で交互に座ることにした。

天井近くに取り付けられた四台のモニターは全部同じ選挙特番を流していて、映し出されるアメリカの地図は赤かった。東海岸のいくつかの州を除いて、中西部と呼ばれる真ん中から右側の州は、赤に変わっていた。

「あのあたりは、もともと共和党支持だから」

「予想されていたことだね」

わたしたちは、上半身をひねってうしろにあるモニターを見上げ、地図と州ごとに獲得した選挙人の数字とキャスターや解説者が順に映されるのを見た。

ゲームに参加しないか、と白人の体格のいい男が声をかけてきた。男が説明したが、騒々しいせいもあってわたしは聞きとれず、ハオが聞いてわたしに解説してくれたが、それでもなんのゲームなのか、選挙に関係あるのか、ただ大勢が判明するまでの暇つぶしなのか、全然わからなかった。礼を言って断ると、男はまた別の客に話しかけた。

今度は、黒人の背の高い男がなにか言ってきた。スマートフォンをわたしたちの目の前にかざし、動画を再生した。ヒラリー・クリントンがプライベートジェットの中でスタッフたちと勝利を祝っている、という設定の映像。マネキン・チャレンジという、人が動かないで静止画のように装う流行りのパフォーマンスで、動きを止めたスタッフの間をカメラが進んで行くと、ビル・クリントンがいて、そしていちばん奥にヒラリー・クリントンとアコースティック・ギターを抱えたジョン・ボン・ジョヴィがいた。チャレンジが達成され、皆が拍手して祝う。まるきり、勝利した後の光景だった。

すごいね（great とか amazing とか）、と言うと、男は、すごいだろ、とうなずき、早口でなにか言って離れていった。

男がなぜそれをわたしたちに見せたのか、わたしにもハオにもわからなかったが、こういうのがあかんのとちゃうんかな、とわたしは思っていた。二、三週間前に、マイケル・ムーアがトランプ勝利の予想とその理由を書いた記事を、わたしは読んでいた。ラスト・ベルトを中心とした白人住民の不満や絶望感、ヒラリー・クリントンへの反感、サンダース支持者が積極的にクリントンを支持していないこと、など。

その内容について、わたしはある程度の実感があった。それは、わたしの生まれ育った街が「ラスト・ベルト」に近い環境であり、日本にいてもアメリカにいても、経済的に豊かで社会的文化的資本に恵まれた場所（コミュニティー、人たち、地域、社会、階層、どういう言葉を使って表せばいいのかうまく見つからないので、場所、と書いておく）にいるときに違和感というか、割り切れない気持ちを抱くことが、度々あったからだ。そして、主に中間層が抱く「エスタブリッシュメント」に対する不満や反感、それを選挙に利用されやすいことを、大阪市長・府知事選、都構想の住民投票を通じて、身をもって感じていた（「商都」の意識が強い大阪では「公務員、公的サービス」が標的になった）。

九月に行われた一回目のディベートを、アイオワで十人ほどの作家たちとテレビの生中継で見た。不満そうに顔を歪めて同じ単語ばかり繰り返しメキシコや中国が悪いと言うだけのドナルド・トランプと、理路整然と政策を説明する自信たっぷりのヒラリー・クリントンの、どちらがディベートの勝者かは、英語の細かい部分がわからないわたしにも、一目瞭然だった。作家たちも、そのあと会った人や、ツイッターで自分が見る限りでも、ヒラリー圧勝は「obvious」だった。一方で、その直後にメキシコからの留学生が、トランプ支持の友人のフェイスブックを見るとみんなトランプ圧勝って言ってる、信じられない、と話すのも聞いた。

ヒラリー・クリントンが、自信を持ち、悠然と余裕の態度を表せば表すほど、論理的に話せば話すほど、彼女を支持しない人たちの反感は強くなるんじゃないか。と、言葉がわからない分、表情を見てしまうわたしは中継のあいだ思っていて（そしてそう感じる自分自身に苛立ってもいて）、だからといって、謙虚に、もっと言えば、ヒラリーに反感を持つ人たちが考えるような「女らしい」態度で、情に訴えるのがいいなどとはもちろん思わない。

ただ、有名人とまだ結果も出ていない勝利を祝うかのような映像をこの段階で公開してしまうのは、間違った選択に思えた。

アイオワの自分の部屋でニュース番組を見ていて、ヒラリー・クリントンがニューヨークにいる映像を見ていたとき、不意に、ニューヨークをものすごく遠く感じたことがあった。東京にいるときにニューヨークのニュースを見るときよりも、そこははるかに遠い場所に思えた。とうもろこし畑に囲まれたアイオワと、世界中の富が集まる華やかなマンハッタンは、無関係の、別の世界にある場所にしか思えなかった。その分断を、ほとんど大学の敷地から出なかったわたしでさえ、実感したのだ（それを言うなら、ドナルド・トランプこそがその摩天楼の大金持ち界の、毎日パーティー三昧の人たちの頂点にいるような人物で、それなのに支持を集めたことがもっとも大きな謎なのだが)。

ベネズエラの小説家で、人権活動家でもあるカルロスは、ウゴ・チャベスのことを誰もほんとうに大統領になるとは思っていなかった、候補になっても、勝ち進んでも、誰も大統領になるとは思っていなかったけど、大統領になった、と言っていた。そして十年以上も政権は続き、現在ベネズエラは大変な混乱状態にある。

他にも、自分の国での経験からトランプが当選する可能性があると話す作家は何人かいて、ヒラリーのメール問題や健康不安が報じられる度に、わたしも危惧は感じていた。しかし、十月の前半に、セクシャルハラスメント、というか聞くに堪えない下品な言動の録音が公開され、CNNは「ピー」「ピー」と音を重ねたその会話を一日中繰り返して流し、さすがに共和党議員たちも非難のコメントを出す事態になっていたので、これでもう可能性はなくなっただろうと、安堵した。いや、願望が強くなっていた、と言うべきかもしれない。バーニー・サンダースを支持していた層などリベラルな人々でもクリントンの政策を積極的に支持しない人は多かったし、トランプの当選を阻止するという理由だけでは投票所に行くには不足だったのだろう。後になって、クリントンへの反感から結果には影響はないと思ってトランプに投票してしまったという話も聞いた。

「どうなるんだろう」

「どうなるんだろうね」

どこかの州の結果が映し出される度に、店内ではブーイングが起こった。何度かに一度、画面がぱっと青色に変わると、拍手と歓声があがった。しかしそれは、ブーイングに比べれば、圧倒的に少なかった。

表示される獲得選挙人の数は、わたしが思っていたよりも偏っていた。共和党に、トランプの側に。ごくまれに、クリントンでもトランプでもない候補者が表示されることがあった。その候補者が得票しているのが映し出されると、周囲はちょっとざわついた。ハオも、誰だろうね、と言った。大阪弁でいうところの「誰やねん」というつっこみに近かった。わたしも「誰やねん」と思ったが、一方で、それもアメリカなのだと実感もした。社会状況も法律さえも違う別の州が集まって、ユナイテッド・ステイツなのだ。

わたしたちがいたアイオワ州は、スウィング・ステイト、政党の支持が固まっておらず、選挙の度にどちらに傾くか注目される州の一つで、なかなか結果が確定しなかったが、アイオワにいたときに周囲の人たちから聞いた感覚では、トランプ支持ではないかとわたしは予想していた。

ふと気づくと、さっきまであれほどいた客は半分ほどになり、店の中は空間のほうが多くなっていた。わたしたちは窓際の狭いカウンターを離れた。店のちょうど真ん中の、五つ椅子がある丸テーブルにカップルだけが座っていて、ハオが相席してもいいかと聞いてくれた。黒人の若い男は快く承諾してくれた。

女のほうは、東洋系にも見える顔だったが、たぶん中南米系だと思う。黒髪のボブスタイルにライダースジャケットがよく似合っていた。

開票が進むたびに、店内には落胆が広がっていった。

「なんなんだよ、これは。誰があんなやつに投票してるんだ」

男は、かなり苛立ち、怒りを露わにしていた。ニューヨークのマンハッタンでは、九割以上がクリントン支持だろう。トランプ支持者がいたとしても、表立ってそれを表明することはない。街に出て、こうして中継を見物している人たちは、クリントンの勝利を見に来た。男は、わたしたちに旅行者かと聞いた。わたしたちはアイオワ大学のプログラムに参加していた、わたしは小説家で日本から来た、ハオは詩人でシンガポールから来た、と答えた。それを聞いて、男の苛立ちがハオへ向いた。

「シンガポールは、貿易で儲かってるんだろ。うまくやってるんだろ」

「いやいや、シンガポールなんてとても小さい国だよ。人口だってたった五百万人しかいない。世界にそんなに影響は与えられないよ」

「けど、すごい利益を上げて、金持ちが多いじゃないか。アメリカから仕事が流れてってる」

「ちょっと、やめなさいよ。この人たちに言ったってしょうがないじゃん」

女がなだめたが、今度は男は彼女に声を荒げてなにか言い始めた。

そろそろ行こうか、とわたしとハオは顔を見合わせた。

「ぼくたちは、イベントがある書店に移るよ」

「ああ」

男は不機嫌なまま、片手を軽く上げた。

人も車も減った通りを歩いて、書店に戻ると、もう行列はなかった。

倉庫を改装したらしい天井の高い店で、今までにアメリカで朗読イベントを行った書店と違って、置いてあるのは文学や人文書よりもデザインやビジネスの本が多かった。店の真ん中の特大スクリーンに、さっきとはまた別のチャンネルの特別番組が投映されていた。それを囲むようにぎっしり並べられた丸椅子はほぼ埋まっていたが、奥のほうに空席を見つけ、立ち見の人たちのあいだをなんとかすり抜けて、そこに落ち着いた。後ろの長テーブルに並べられたクラフト・ビールを買った。

さっきのバーから移動する十分ほどのあいだにも、地図はさらに赤くなっていた。東海岸の面積の小さな州以外、ほとんど赤だった。アイオワも。それでも、西海岸の開票が進めば、とわたしはまだ思っていた。選挙速報が始まったとき、時差のある西部はまだ投票を締め切っていなかった。速報に危機感を覚えた人がクリントンに投票してくれれば、などと、願望を持っていた。

しばらくして、待ちわびたカリフォルニア州の結果が出た。中西部の州とは桁の違う大きな数字が、青いほうに表示された。歓声が上がり、一気に場が明るくなった。

しかし、それが最後の盛り上がりだった。

十二時で閉店だとアナウンスがあり、すでに閑散としていた店内で、店員たちが空き缶や空き瓶を片付け始めた。

大通りに出て、地下鉄の入口まで歩いた。ハオは、そこから泊めてもらう友人の家まで地下鉄に乗るのだった。わたしは、わたしはタクシーに乗るよ、と言って別れ、交差点まで一人で歩いた。手前で信号待ちをしていたタクシーが乗せてくれた。

運転手は若い男で、ハイ、どこまで？　と明瞭な英語で明るく言ったので、わたしは安堵した。外国で一人でタクシーに乗るのは、夕方のホテルまでに続いて二度目だった。わたしにとってはまだ「冒険」の範疇だったし、移民が九五パーセント以上というニューヨークのタクシーで自分の下手な英語が通じなかったり聞き取れなかったりして帰れなかったらどうしようかと心配していたのだった。

「大変なことになってるねえ。どうなるんだろうねえ」

北へ向かう道を走り出してすぐに、運転手は言った。ラジオからも、選挙の特別番組が流れていた。もう速報ではなく、結果の分析に移っていた。

「この結果は信じられない」

わたしは言った。

「まったくだねえ」

運転手は、軽く節のついた言い方で返した。

どこから来たのか、か、どこの国の人か、と彼が聞いたのか、わたしが話したかったから聞かれもしないのに言ったのか忘れたが、自分は日本人で、三か月アイオワ大学にいた、とわたしは言った。なんの勉強、と彼が聞いた。literature、と言うと通じなかったので、novel、fiction storyとわたしは言い直した。へえー、じゃあ小説書いてるの？　すごいね、というようなことを彼は言った。この間は数学の研究をしてるって人を乗せたよ。

　彼は、モロッコの出身で二十七歳だと言った。

「モロッコ、行ってみたいんです。子供のころに、テレビ番組でフェズを見て」

　フェズは行ったことはないが自分はフェズの近くの街の出身だ、と彼は言った。ワ、がつく名前だったと思うが、思い出せない。いいところだよ、機会があったら訪ねてみて。

「集会から帰る人たちだ」

　彼に言われて、歩道を見た。

　暗くなった街を、人々が歩いていた。力なく、おそらくは互いに話もせず、ぞろぞろと駅に向かって進んでいた。

　後から思えば、地下鉄に乗ったほうが、そのときの人々の様子を知ることができたのだが、そのときのわたしにはそんな余裕はなかった。

　窓から右を見ると、高層タワーがきらきらと光っていた。ニューヨークの夜景だ。トランプ・タワーも、たぶん見えた。今、世界中が注目しているその場所に自分がいる実感は、なかった。窓の外の光るビルが、ニュース番組で映し出されるビルと同じなんやな、とぼんやり思っただけで、そこはとても遠かった。

　アメリカに来る前に日本で「十一月までアメリカにいる」と言っても、日本に帰ってきてから「三か月アメリカにいた」と言っても、大変なときにアメリカにいることになったんですね、歴史的な瞬間に居合わせましたね、歴史的な変動を肌で感じてきてどうですか、激動のアメリカを見てきたんですよね、といろんな人から、何度も言われた。

そうですね、と、具体的な予定やできごとを話したが、そのたびに、違う、違う、とわたしは思った。違う、という思いは、答える度に、大きくなった。

十一月八日火曜日、わたしは確かに、そこにいた。東京でも大阪でも他のどの場所でもなく、アメリカの、ニューヨークの、マンハッタンにいた。速報を観るイベントをやっている店に行き、次々に赤に変わっていく合衆国の地図を見た。

だけど、いただけだ。見ただけだ。なにもわかっていない。バーのカップルとタクシーの運転手の青年以外、誰と話をしたわけでもない。

日本にいてたとえばCNNで中継を見ていたとして、それとなにが違うのだろう。

歴史的な瞬間、激動、があるとしたら、それはこの日のマンハッタンではなく、広いアメリカのあちこちで、トランプに投票しようと決めた人たち、クリントンには投票しないと思った人たち、彼らがそう思うに到った生活、これまでの日々の、その中にあるのだ。

三か月のアメリカ滞在で、わたしはトランプを支持する人とは一人も話をしなかった。旗やステッカーを見かけたり、家族がトランプ支持でヒラリーは悪魔だから大統領になるとアポカリプスだなんて本気で言ってて、と嘆く話を聞いたりはしたが、直接、なぜトランプを支持するのかを聞く機会はなかった。

自分が生まれ育った街でこの十年のあいだに似たようなことを経験していたはずなのに、アメリカは違うだろうと、ドナルド・トランプを大統領には選ばないだろうと、思い込んでいた。自分の願望によって、見る機会を逸していたのだ。

ホテルの部屋でテレビをつけると、さっき見た摩天楼の夜景が、まったく同じ光景が、そこに映っていた。

ニューヨーク、二〇一六年十一月

十一月九日水曜日は、朝から雨が降っていた。

テレビのニュース番組では、当然大統領選のことをずっと伝えていたが、テレビの中にいる人たちもどう話せばいいか、どんな顔をすればいいのか、戸惑っているようだった。

とりあえず、食べるものを買いに、外へ出た。雨のせいで、歩く人は少なかった。車も、少ないように思った。静かだった。街全体が、雨の底に沈んでいるように、どうしても見えた。

ホテルの隣の動物病院のウインドウでは四年前と同じように子猫が眠っていた。フェアウェイもバーニーズニューヨークもノースフェイスも、二〇一二年五月と同じ場所にあった。服を買いたかったアーバンアウトフィッターズはなくなっていて、「For Rent」の張り紙があった。

二ブロック南を西へ入り、四年前に国際交流基金の人に教えてもらった店に入った。小さな店内は満席で、女性客たちが遅めの朝食を食べていた。マンハッタンから人がいなくなったわけではなかったのだとほっとした。

映画にでも出てきそうなかわいらしい内装で、水色の木枠がついたガラスケースにはデニッシュやケーキやドーナツやマフィンやチョコチップクッキーが夢みたいに並んでいた。とても愛想よく、手際のよい店員の女性たちが、迷うわたしの注文をゆっくり聞いてくれて、アーモンドクロワッサンとマフィン（どれも日本の三倍の大きさ）を三つも買って戻った。

コーヒーメーカーで紅茶を淹れ、包み紙にたっぷり油の滲んだアーモンドクロワッサンをかじると、ようやく目が覚めた心地がした。

甘いもの、おいしいものは、かなしい気持ちやさびしい気持ちを助けてくれる。

わたしは急いで身支度をし、再びホテルを出た。

写真を撮りたかったダコタ・アパートメントは改修工事中でシートに覆われていた。二〇一二年には『ビリー・バッド』のオペラを観たリンカーン・センターまで歩いて行ってみたが、興味のあったサミュエル・ベケットのラジオドラマを基にした朗読劇は別の会場で、観に行くのは難しかった。

イーストサイドへ行くバス停に並んでいても、周りの人たちは苛ついているか疲れているかに感じられた。乗ったバスは、セントラル・パークの手前で、違法駐車のトラックに行く手を阻まれた。恰幅のいい黒人女性の運転手がクラクションを鳴らしたが、トラックの運転手は現れない。女性運転手が何度もハンドルを切り返してぎりぎりのところを通り抜けると、乗客たちから喝采が沸き起こった。

マディソン・アヴェニューの六十五丁目で降り、立ち並ぶ高級店のウインドウを眺めながら七十五丁目まで歩いた。前に来たときはホイットニー美術館だった建物は、そのままメトロポリタンの別館になっていた。ヘンリッカが別れ際にくれたシティ・パスが使えたはずなのにわたしはそれに気づかずに入場券を買って入った。

別館では、ダイアン・アーバスの初期作を中心にした展示をやっていて、わたしはそれをどうしても見たかった。

怖かった。ダイアン・アーバスの写真は、今までに日本で写真集で見ていても怖かったが、よく知られている写真よりも前に撮影された、等間隔で並ぶ小さめの写真を直接見ると、そこにじっと立っているのが難しいくらい怖ろしかった。粗い粒子に浮かび上がる、この街の片隅や隙間で生きる人たち。こちらを見るその視線は、自分が普段保とうとしている、保っていると思い込んでいる平静を簡単に失わせてしまいそうな鋭さがあって、彼らがいる街や部屋の暗闇に埋められない空洞みたいなものを感じて、これを撮影した写真家が死んでしまったことを考えずにはいられなかった。

もう一つの会場で、Kerry James Marshall というアフリカ系アメリカ人画家の展示も見た。鮮やかな色彩のポップな画面には茶系ではなくほぼ真っ黒でアフリカ系の人々が描かれていた。彼らが置かれてきた社会的状況や生活文化をモチーフにした大きな絵は、どれも刺激的で力強く、想像をかき立てつつ、アメリカで生きてきたアフリカ系の人々の抑圧の歴史や戦いをつきつけるものでもあった。そしてとにかくかっこよくて、全然知らなかった画家だったが見ることができてよかった（翌年三月、ロサンゼルス現代美術館で巡回展に遭遇し、会期前日だったがニューヨーク会場にはなかったTシャツを買えてとてもうれしかった）。

夜、わたしは再びイースト・ヴィレッジへ向かった。指定されたレストランに入ると、ハオの向かいには二人の若い女性が座っていた。二人ともハオと同じく中国系の顔立ちで、年も同じくらいだった。とにかくすごい早口、日本で言うところのマシンガン・トークで、仕事のこと、選挙のこと、これから外国人の立場はどうなるのかということを、賑やかに話し続けた。

自分の親しい人にはいないだけで、きっと日本人の若い世代でも彼女たちのようにニューヨークで、サンフランシスコで、ロンドンやパリ、上海やシンガポールで、様々なルーツを持つ人たちと競争にもまれて働いている人たちが多くいる。シカゴに行ったときに古書店街に向かうバスの中で、ハオはシカゴの大学院に留学していた時期を「hard days」と言っていた。授業はとても厳しくて、ひたすら本を読んで課題を提出するのに精一杯で、遊びに行く時間なんか全然なかったよ。育った国を離れ、家族から離れ、厳しい条件で、ビザや永住権や入国審査を気にかけつつ、勉強し、仕事を得、お金を稼いでいる。そして、彼女たちとはまた違った経緯を辿っただろう、昨日と今日乗せてもらったタクシーの運転手やスーパーマーケットの店員やホテルのスタッフや、この数日に見かけた、別の国からこの街に来て働く人たちを、わたしは思い返していた。

彼女たちの皿は、甘いワッフルに特大のフライドチキンが載ってメープルシロップがたっぷりかかっているという、アメリカ体験の話題の一つになりそうなメニューだったが、甘いものを多くは食べられないわたしはフライドポテトが大量に添えられたハンバーガーを口に押し込むようにして食べた。

翌日は晴れて、とてもいいお天気だった。

紅茶を淹れてバナナマフィンを食べてから、ホテルを出て、まっすぐ東へ歩いた。セントラル・パークを横断してメトロポリタン美術館に行こうとしていた。紅葉が始まった公園は、一年のうちでも特に美しい風景で、青空の下で蛇行した歩道を歩いているだけでも心が安らいだ。

ときどきiPhoneを確認すると、WhatsAppには、作家たちのメッセージが次々に届いていた。信じられない、という怒りを込めた言葉もあったし、ある程度予想していた、という冷静なコメントもあった。自身の信条や、思考、自国とアメリカとの政治的、経済的な関係も影響していただろう。クリントンの場合に予想される政策が、不利な影響を及ぼす国もある。日本にいて入ってくる情報は、西洋諸国、特にアメリカ経由なのだと、思い知らされた三か月だった。

どんどん流れていくグループチャットにわたしは返信を送ることはできず、個別のメッセージをいくつかやりとりした。ヴァージニアは、抗議に集まった人たちが警官と衝突したニュースを見たのでマンハッタンの治安を心配していた。わたしが、ニューヨークの人たちは失望している、抗議の場には行ってみるつもりだ、アメリカがこれからどうなるのか気がかりだ、と返すと、香港の雨傘運動のときもどっちの側につくのかと批判合戦が激しくなってSNSをやめてしまった人がたくさんいた、と返信にあった。

タティアナのサンプルライティングの短編を、わたしは思い出していた。彼女が学生時代に経験したと思われる、オレンジ革命の光景が描かれていた。熱狂する人たちと、それに乗り切れない人たち。その中で何度か繰り返されていた「separatism」という単語について、わたしはアイオワにいるあいだ何度も考えた。ウクライナはその後、政治体制が二転三転し、クリミアをめぐってロシアと紛争も起きた。

ベンチに座って、わたしはいくつかのメッセージを送った。秋のセントラル・パークは、静かで、穏やかだった。眩しくて、液晶画面を見るのは難しかった。平日のお昼前、観光客も少なく、広大な敷地は、散歩する人とそれから観光用の馬車がときおり通るくらいだった。芝生をリスが走っていった。アイオワよりもその数は少なかった。

このまま何日もここにいられたらいいのに。世界の豊かさの中心で、美しい公園と美術館と世界中の料理が食べられるレストランを毎日行き来して本を読んで暮らす。実際にそんな生活をしている人も、ここにはきっといる。

一見、豊かな自然を残したように見える公園は、一旦地面を削って作った街に住んでいた住人を立ち退かせ、すべて人工的に作り直した「自然」だった。それでも、わたしが見ているのは、木で葉でリスで鳥であることに変わりはなかった。

メトロポリタンの本館に四時間ほどいて、そこからバスに乗ることにした。約束しているレストランまで、地下鉄に乗って駅から歩くのが一番確実なのはわかっていたが、駅からは遠かったし、バスに乗ればトランプ・タワーの前を通って抗議活動が見られそうなので、レストラン近くのバス停で降りてタクシーに乗ればいいのではないかと、思ってしまったのが間違いだった。

バスはトランプ・タワーの前を通り、集まっている人たちも確かに見えたが、一瞬で過ぎてしまった。レストランにつながる通りに近い場所でバスを降りた。タクシーは、いくらでも通っていた。ただ、停まってくれないのだった。タクシーが来るのを確かめながら、レストランのある南方向へ歩いたが、黄色い車は、客を乗せているか、停まってくれないか、わたしの前を過ぎて別の人を乗せていくか、停まってくれた車もわたしが行き先を告げると、運転手は首を振って行ってしまった。そこは、クイーンズ地区へ渡る橋の手前で、夕方だからそこへ帰る車ばかりらしい、ということには途中で気づいた。Uber のアプリを入れておけばと思ったが、ここで一から登録するより目の前に次々現われる黄色い車のどれかに乗れるのではと期待するうちに、約束の時間を過ぎた。

どんどん過ぎていく時間に焦りながら路肩を行ったり来たりしていたら、見かねた、という表情でインド系の顔立ちの運転手が黄色い車を寄せて、どこに行くのかと聞いてくれた。わたしがストリートの名前と数字を告げると、運転手は、しばらく考えたあと、OK、と言った。ほんとは帰るところだったんだけど、もう仕事は終わりだったんだけど、家族が待ってるんだけど、と走り始めてから運転手は言った。

わたしは、ソーリーとサンキューを繰り返した。あなたはわたしを助けてくれた、わたしはとても困っていた、あなたはわたしにとって今どきの日本で言うところの「神」だ、と言いたかったが、彼にとって「神」がどんな存在かわからないから最後の部分は言わずに、自分が持っている残り少ないドル紙幣を数えた。あまりに動揺していたし、なんとか感謝を表したかったのでこのあとの食事代だけ取っておいて、残りは全部渡そうかとも思った。タクシー探しに費やした時間に比べればほんのわずかな時間で、目的地に着いた。言われた運賃の倍近い額を渡すと、運転手は、これ以上ない笑顔になった。あまりによろこばれたので申し訳ないような、申し訳ないと思うこと自体が傲慢なような、混乱した気持ちでタクシーを降りると約束の店は目の前だった。駆け込むと、奥のテーブルに、ニューヨークに住む作家のリン・ティルマンとハオとステファノスがいた。リンさんが立ち上がってハグしてくれた。わたしは、大幅に遅れたことを謝った。ステファノスとハオを誘っておいてよかった、と彼女と話していてくれた彼らに感謝した。

リンさんには二〇一一年に京都造形大学のイベントで会い、二〇一二年にマンハッタンで再会し、そして今回もメールを送ると快く出てきてくれたのだった。リンさんがお気に入りのイタリアンレストランで、わたしは蛸を食べた。大きかったとはいえ、足一本に付け合わせの野菜だけの皿が、十ドルくらいした。だけど、おいしかったし、リンさんと話すことができて、それからステファノスにも会うことができて、うれしかった。

一時間ほどして、わたしたちは再び、ハグをし合い、お礼と別れの挨拶を言い合った。

わたしは一人で地下鉄に乗り、トランプ・タワーを目指した。五十七丁目駅で降り、カーネギー・ホールからまっすぐ東へ歩いた。午後八時すぎだった。周りをまばらに歩くのは勤め帰りふうの人ばかりで、特に目につくものもない。今晩はもう抗議活動なんてやっていないのかもしれないと思っていると、ワンブロック手前まで来てようやく、声が聞こえてきた。大勢の声は、なにを言っているかは聞き取れなかったが、リズムがあり、ときおり歓声に変わった。

ハイブランドの広告で囲われた一画を曲がると、トランプ・タワーの向かいの歩道に人々が集まっていた。

前日の抗議活動には、レディー・ガガが応援に来たり、混乱で警察との衝突もあったりしたが、その反動で道路には何重にもフェンスが設けられ、警備は厳重になっていた。トランプ・タワーのブロックには入ることができず、周囲の道路も通行がかなり制限されていた。

わたしは人々の間に入っていった。学生っぽい若い人が多かったが、もっと年齢が上の人もいたし、彼らを取材に来た一眼レフやビデオカメラを掲げた人たち、物見遊山で来た（わたしのような）人たちが目立っていた。カメラやマイクを向けてインタビューする光景も、あっちにもこっちにもあった。

心配していた程ではなかったが、十一月のニューヨークはそれなりに冷え込んでいて、ユニクロのウルトラライトダウンにキャンバス地のコートを重ねていても、寒かった。コートの左のポケットにiPhone、右のポケットにコンパクトのデジタルカメラを入れて、かじかんだ指を気にしながらときどき写真を撮り、フェンスで仕切られた中をゆっくり進んで行った。手書きのプラカードを掲げた人も多くいて、二人ほど写真を撮らせてもらった。

この場で出会った人たちが自己紹介をしあったり、友人を紹介したりしているのも、よく見かけた。

そのうちに、思ったより容易に最前列に出られた。フェンスにもたれられるから、そこのほうが楽だった。トランプ・タワーのエントランスは、道路の向こう側、真ん前にあった。エントランスもその中も金ぴか、前に立つ時計も金ぴかの装飾に囲まれていた。

警備が厳重になったせいか、抗議活動は盛り上がりを欠いていた。散発的に、シュプレヒコールが起こる。「Refugees, welcome here!」。refugeeは、アイオワ大学のプログラムで真っ先に覚えた言葉の一つだった。難民、移民、差別。パネルで何度もテーマになった言葉。「My body is my choice!」と女性たちが叫ぶと、「Her body is her choice!」と男性たちが応える。これは、トランプのセクシャルハラスメントや性差別言動に対する抗議だった。「Fuck! Giuliani!」というのも何度か聞こえた。トランプ政権入りを目指していると見られた元ニューヨーク市長に対する反発は激しかった。税金を払え、というのもあった。

ときどき、通りかかった車がクラクションを鳴らして応援を表してくれると、歓声が上がった。たまに路線バスの運転手も応えてくれるのがアメリカらしい、というよりも、日本ではないと思った。ときおり盛り上がる熱狂はしかし、すぐに疲れてしぼみ、そしてまた力を振り絞るように誰かが叫んでそれにコールが続く。それがひたすら繰り返された。趣味がいいとは言えないデザインのトランプ・タワーの低層階のガラス壁越しに、真昼の太陽のようにギラギラ輝く内部が少し見えていた。そこに体格のいい、ボディガードのような男たちが立って、こちらを見下ろしていた。シルエットになって表情のわからない彼らからは、こちらはどう見えていただろう。

わたしは、撮影した画像をいくつかツイッターにアップした。日本は、翌日のお昼ごろだった。リツイートやいいねが押され、リプライもあった。二時間ほど写真や動画を撮ったりしたが、寒さがだんだんつらくなってきた。明朝は、五時にホテルを出なければならないから三時起き。荷造りもこれからだ。

気になりながらも、わたしは人波から出た。西へ入るとオフィス街はもう飲食店もほとんど閉まっていて、静かだった。ワンブロック、ツーブロックと離れると、もう声は聞こえなくなった。

翌朝五時にホテルから乗った送迎サービスの運転手の男は、機嫌が悪かった。中南米からの移民らしき彼の表情をうかがいつつわたしは行き先を確認した。運転手が、支払いはクレジットカードか現金か、と聞いたように、わたしは思ったので、クレジットカードは使えますか、と聞いたら、運転手はいきなり「Noooo!!」と怒鳴った。さらにハンドルを叩いてなにか怒鳴り続けたが、要するに現金で払えということのようだ。言い方が悪かったたかもしれないので謝りながら、聞いただけやのに、とぐったりしたが、言い返す気力も能力もない。人通りのない暗い道で、降ろされたりしたらどうしようもない。早朝で荷物も多いし、ホテルの部屋に置いてあった説明書に「空港までの送迎のアレンジはお気軽にお申しつけください」的なことが書いてあったから確実かなと思って前の日に頼んだのに、とわたしは鬱々とした気分で、高架道路の外を遠ざかっていく夜の工業地帯を眺めるしかなかった。

いきなり怒鳴られた理由のいくらかはわたしの見た目のせいだろう。アジア系で、女で、身長は百五十センチしかなく、いかにも非力だ。大阪でも、東京でも、似たような目に遭ったことは何度もある。ともかくわたしは見た目で、女で、背が低いせいで、「なめられている」のだ。強い言葉か威圧的な態度で脅せばいいと、思われているのだ。

ＪＦＫ空港には、三十分と少しで到着した。

これなら、六時に出たって間に合ったし、それこそUberか黄色いタクシーを捕まえればこの運転手に怒鳴られなくて済んだ、などと恨みがましく考えていた。しかも、チップを多めに要求され、投げやりな気持ちになっていたので、その額を渡した。持っていた紙幣はそれで全部だった。運転手は、わたしをじろっと見てから、無言で走り去って行った。

こんな早朝でも保安検査は長い列に並ばなければならず、広い空港を移動するだけでも疲れた。売店も開いていないし、しかたなく誰もいない搭乗口近くのベンチに座った。眠らないように、iPhoneでツイッターを見ていた。天井からぶら下がっているテレビではニュース番組が延々と流れていた。音声は聞こえない。ニューバランスのスニーカーが燃やされたり、ごみ箱につっこまれる動画が繰り返し再生されていた。大統領選に関係のあるなにかなんだろうな、とは思うが、わからない。手がスニーカーをつかみ、ごみ箱に捨てる。手がスニーカーを置き、火をつける。女性キャスターがコメントを言う。しばらくあとでツイッターを見て、ニューバランスの役員が「国内の雇用を増やすと言っているからトランプを支持する」と表明したと誤解され、「炎上」状態にあったことがわかった。フォローしているスパニッシュの俳優もニューバランスはもう履かないとツイートしていた。

やっと乗り込んだシカゴ行きの飛行機はなかなか離陸しなかったので、いつの間にか眠ってしまっていた。気づいたときにはもう雲の上だった。せっかく窓際だったから離れていくアメリカの土地を見たかったが、天気が悪いから雲に隠れていただろう。

隣の席には、若い、たぶん二十代半ばの褐色の肌の女の子が座っていた。スウェットもスニーカーもセンスよく着崩していて、ニューヨークの子だろうな、と思った。彼女は、席に着いてすぐに本を開き、ずっと読んでいた。会話部分があるから、たぶん小説だった。彼女は、ひたすらそれを読んでいて、めずらしいな、と思った。スマートフォンやラップトップを取り出さずに、本だけ読んでいるのは、日本の通勤電車でもほとんど見かけなくなったのと同じように、アメリカでも少ないことだ。なんの本を読んでるの、と何度も聞こうと思ったが、ヘッドフォンをしていたし、わたしは人に話しかけるのが苦手でタイミングをつかめないままだった。

着陸態勢に入る、というアナウンスが流れ、彼女が本を閉じた。そのとき、表紙のタイトルがちらっと見えた。

『Haruki Murakami Colorless Tsukuru Tazaki and His Years of Pilgrimage』

もっと早くに声をかければよかった。

「ハルキ・ムラカミが好き？」

彼女は、ヘッドフォンを外し、わたしを見た。

「ハルキ・ムラカミが好き？」

「うん。あなたは日本の人？」

「わたしは、日本人で、小説家です」

「わーお」

彼女は、とても魅力的な笑顔で、『１Ｑ８４』と他にも三冊ほどハルキ・ムラカミを読んだと言った。

ニューヨーク、二〇一六年十一月

「彼の小説には、失望したことないんだ」

彼女はそう言って、あなたも好きかと聞いた。わたしは、『ねじまき鳥クロニクル』と、それから小説じゃないんだけど『アンダーグラウンド』がいちばんおもしろいと思うと言った。それは知らない、と彼女が言ったので、東京で起きたテロの被害者にインタビューした本で、もう一冊テロリストたちの組織にいた人たちへのインタビューもある、と説明すると彼女は、興味があると言った。

「アメリカに住んでるの？」

「アイオワ大学のライティング・プログラムに参加していて、日本に帰るところ」

「わー、おめでとう」

アイオワ大学のライティング・プログラムは、書くことに興味のある人の間ではよく知られていた。彼女は、ジャーナリズムを勉強していて、ニュースサイトに寄稿もしているのだと教えてくれた。

「ありがとう」

「名前を教えて」

わたしが名前とスペルを伝えると、彼女はスマートフォンにメモした。彼女が名前を言ったが、聞き慣れない名前で全然わからなかった。わたしもiPhoneに彼女の名前を入力しようと、「メモ帳」を開いた。彼女がゆっくり告げるアルファベットのはじめの三文字を入力したところで、予測変換で勝手に「hate」と出てきた。わたしは慌ててそれを消した。彼女が見ていないことを願った。

飛行機は、ほとんど揺れることもなく着陸した。降りてすぐのところのモニターで東京行きのゲートを確かめていると、さっきの彼女に肩を叩かれた。よい旅を、と笑顔で手を振ってくれた。

その場で彼女の名前を検索すると、フェイスブックとツイッターのアカウントが表示された。わたしはツイッターを開いて、フォローした。

長い通路を歩き、東京へ向かうフライトのゲートにたどり着いた。九日前、アイオワからワシントンDCへの乗り継ぎで遅延し八時間近く待たされたシカゴのオヘア空港。先週は雨で夜だったが、晴れて明るい日差しが差し込み、同じ場所という気がしなかった。

搭乗口に近づくと、日本語が聞こえた。日本人の会社員男性たちと、若い女性の旅行者グループ。わたしは、日本語を聞きたくなかった。聞いてしまった、と思った。特別な時間はもう終わったのだと、わかった。

定刻通りにやってきたアメリカン航空成田行きに乗り込み、窓際の座席について、iPhoneでSafariを開いた。さっきの彼女が、わたしのツイッターアカウントをフォローしてくれていた。うれしかった。長い旅の終わりの、さびしいこと楽しいこと嫌なことがごちゃ混ぜに続いた数日の、最後の最後。わたしは、彼女に感謝した。

小さな町での暮らし／ここと、そこ

自分の部屋は眺めのない部屋ではないかと、わたしは日本にいるときからなんとなく思っていて、プログラムのスタッフのセリーヌがドアを開いたときに、やっぱり、と思った。人生全般を通しては自分は幸運だと思うが、こういうとき、ホテルの部屋割りだとか、乗り物の座席だとか、くじ引きや、日程の調整や、人に会えそうで会えなかったとか、そういう類のことは、ついていない。だから、同じプログラムに過去に参加した人の書いたものを読んだり話を聞いたりして、宿泊するホテルにはアイオワ川が見晴らせるすばらしく気分のいい部屋と、建物の内側を向いた壁と機械しか見えない陰鬱な部屋があると知ったとき、自分はきっと見晴らしの良い部屋ではないだろうと妙な確信があった。

ホテルとは名ばかりのホテル、と聞いていたが、わたしにとってはじゅうぶんだった。古いし、学生バイトのハウスキーピングは一週間に一回しか来ないけど、東京で最初に住んだワンルームよりも広い部屋で、ベッドはクイーンサイズだし、デスクもテレビもある。ただ、窓から見えるのは傷んだ煉瓦の壁と下の階の屋上部分に置かれた空調かボイラーかなにかの銀色の機械とそこに敷かれた石ころ。建物に囲まれた三角形の空間。窓に近づいて見上げてやっと、わずかに空が見えた。

　成田から十二時間飛行してダラスで乗り継ぎ、さらに二時間小さな飛行機に乗った。空港がある隣町のシーダーラピッズから一時間近く車に乗って、アイオワ・ハウス・ホテルに着いた。部屋は三階だった。スタッフからのプレゼント、と冷蔵庫のドアを開けてセリーヌは言った。冷凍庫のない、小型の冷蔵庫の中には、りんごとオレンジが一つずつ、それからネットに入った小さな円盤形のチーズがあった。

　とにかく一度寝ようと思う、とわたしは言った。それがいいと思う、とセリーヌは言った。それで、特大サイズのベッドに誇張ではなくよじ登って（アメリカのホテルのベッドはなぜあんなに高さがあるのだろう）、白いシーツに潜り込み、すぐに眠った。

　眠ったのは午後三時ごろで、目が覚めると、午後八時前だった。八月二十日、サマータイムだから外はまだ明るかった。わたしは着替えて、外へ出た。日本にいるあいだに、何度もグーグルマップやストリート・ビューを見て、どこに店があるか、確認していた。

　川沿いに建つホテルから、ダウンタウンへは急な坂を上る。どんなに高低差があろうが、合理精神を重んじるアメリカの町はまっすぐに道路を通すから、地図からは想像もつかないほどの急斜面だ。上がりきった先に、アイオワシティのダウンタウン、ほとんど大学だけで成り立っているこの小さな町の中心がある。

　夏休みの最後の週末、そこは閑散としていた。ダウンタウン、と言っても、三ブロック四方くらいのところに飲食店や書店や洋服店やホテルや市民図書館が集まっているにすぎない。バーの密度はアメリカ一だと誰かが言っていた気がするが、ほんとうかどうかわからない。日本語でバーというと、細長いカウンターがメインの店を思い浮かべるが、お酒を飲むところはなんでもBarで、百人以上は入れそうな広い店も多い。店と道の境を開け放したバーでは、どこもたいてい高いところに設置したモニターでスポーツ中継を流していた。フットボールかバスケットボール。いくつものモニターで違う種目、違うゲームを同時に放映していることもよくあった。体育会系の男子学生らしき若者たちがビールを飲んでいるくらいで、それ以上の大人の姿は見かけなかった。

わたしは、ドラッグ・ストアといくつか目星をつけていた一人で入ったり買って帰ったりできそうな飲食店を確認し、あたりを一回りした。

五十メートルほど前を、女の子が三人歩いていた。キャミソールにショートパンツ。長い金髪。衣装を揃えたアイドル・ユニットみたいに見える。昼間、空港から車で走ってきて川の手前の歩道橋のところで、最初のアイオワ大学の学生を見かけた。五人の女の子で、全員、デニムのショートパンツに紺の大きめのタンクトップ、そして長い金髪だった。日本の女の子たちよりも没個性的、と思った。今目の前にいる「アメリカン」な女の子たちも、揃えたように似た服だ。教会が二つ並ぶその道を、わたしはiPhoneで撮影した。もう夕闇が迫っていて、画像は青く、ぶれた。小さな町に、ゴシック建築の立派な教会がいくつもあった。

しっぽの大きなリスが歩道を走っていった。暑くも寒くもなかった。これから三か月、ここで暮らすのだと、わたしは思った。

ホテルに戻ると、エレベーターのところに、坊主頭でラテン系の彫りの深い顔立ちの男がいた。エレベーターの扉が開いて乗り込み、ハイ、とわたしは言った。スーツケースに貼られた名札を見て、本来ならわたしといっしょにセリーヌに空港で出迎えられるはずだったラテンアメリカの作家、とすぐにわかった。カルロス。メキシコだったか、コロンビアだったか（正解はベネズエラ）。彼は、完全に折れたキャリーバッグの持ち手をわたしの前にかざして見せた。航空会社に壊された、まったくひどいね、というようなことを、カルロスは言ったと思う。そして二階で降りた。

わたしは三階で降り、誰もいない長い廊下を歩いた。両側には、ドアがずらりと並ぶ。窓はない。部屋の中に誰かいるのか、いないのか、わからない。名札なんかもないから、どの部屋を同じプログラムの作家が使っているのか、それとも他の、ほぼ大学に関係のある一般の宿泊客がいるのか、わからなかった。なんの物音も聞こえず、静かだった。

それが土曜日のことで、翌朝、説明された朝ごはんの部屋に行ったら、ほかの作家たちが何人かいて、そこで自己紹介をしあい（同じエルサレムに住んでいるユダヤ人のガリートとパレスチナ人のアリスが家がけっこう近くで、あの郵便局の通りわかる？　みたいなことを話していたのを覚えている）、その午後から大学内のオリエンテーションがあって、ロビーに集合した。そのときに、クリスティンにわたしの名前を言ったら「エチオピアのコーヒーの名前」と言われた。

大学内、といっても、アイオワ大学は敷地と町の間に明確な境界はなく、塀もなにもない。大学の中に町があり、町の中に大学が遍在している。医学部と大学病院は川の向こうにあったし、ダウンタウンのそばにはいくつかの名前の違うカレッジがあった。

いい天気だった。なににも遮られない空は広く、青くて眩しくて、空気は乾いていた。日差しが暑かった。大きく茂った木（トウカエデっぽい木）で蟬が鳴いていた。ミンミンゼミとアブラゼミとクマゼミを混ぜて平均したみたいな声だった。

プログラム・スタッフの副代表であるナターシャを先頭にぞろぞろ歩きながら、わたしたちは自己紹介をしあった。

わたしが日本人の小説家、東京から来た、でも出身は大阪、と言うと、何人かは、ハルキ・ムラカミ読んだよ、とか、東京行ったことあるよ、とか、東京の小説を書いたことがあるよ行ったことはないけど、とか、返してくれた。

香港、インド、ナイジェリア、ニュージーランド、ミャンマー、モーリシャス……。地図上の位置と、なんとなくのイメージは思い浮かんだ。同じような受け答えを繰り返しながら、漫画の始まりみたいだと思った。各国の代表が対戦する漫画。『11人いる！』は、どんな始まりだったか。

ナターシャの解説も聞きながら、歩きながら、次はあの人に挨拶をしてみようと近づいて話しながら、というのはかなり難易度が高かった。もちろん、わたしたちのあいだで使われる言葉は、英語だ。スペイン語や中国語やアラビア語など、いくつか共通の言語がある作家たちもいたが、ここではまだ、皆英語をしゃべっていたように、わたしは記憶している。

コートニーやウカマカやヘンリッカたちは、見晴らしのいい場所や目立った建物の前に来るとセルフィーを撮った。わたしも何度かは混ぜてもらった。

一行は、最後にプログラムの事務所であり朗読や様々なイベントが行われるシャンバウ・ハウスのところまで来て、解散になった。しかし、解散になったということをわたしは理解していなかった。誰かが、新入生歓迎のハンバーガー・パーティーが近くであるからそれに行けばハンバーガーを食べられるみたいなことを言っていて、多くの参加者は建物の周りでしゃべったり写真を撮ったりしていたので、みんなそれに行くのかなと思ってわたしもそこにいた。

シャンバウ・ハウスは、ダウンタウンからまっすぐ北に延びる広い道路に面していた。芝生の庭に立っていると、その道を新入生たちが歩いて来た。三人とか五人とか十人とか塊になって、あとからあとから歩いてくる。抜けるような青空の下、アイオワ大学のカラーである黄色と黒の組み合わせのTシャツを着た十八歳か十九歳の男の子たちと女の子たちが、何百人も、何千人も、尽きることなく歩いてくる。黄色い洪水みたいに、ティーンエイジャーの波が押し寄せた。

二十五歳から六十七歳まで、それぞれ気候が違う国から長旅を経てたどり着き、全体にくたびれた格好のわたしたちは、つやつやと輝く彼らを茫然と眺めた。そして、何人かがハンバーガー・パーティーに行こうというのでわたしはついていった。アメリカ映画に出てきそうな、煉瓦や水色の板張りの二階建てが整然と並ぶ、住宅地に見えるけど学校なのかやっぱり住宅なのかわからない区画を、黄色と黒のティーンエイジャーたちに紛れて歩いて行くと、広い道は彼らでびっしりと埋まって、風船があちこちに浮かんでいる場所に出た。ダンス・ミュージックが大音量でかかり、少年少女たちは皆ハンバーガーを食べている。

わたしたちは、彼らを背景に記念撮影した。でも、ハンバーガーはどこでもらえるのかわからなかったので食べられなかった。代わりにHamburg Inn No.2という、いかにもアメリカのダイナーという内装の店に十人くらいで行って、ハンバーガーを食べた。


どうやら自分だけが極端に英語の出来が悪いらしい、と次の日のオープニング・セレモニーのときに気づいた。台湾の詩人コウフアとミャンマーの詩人ココといっしょにシャンバウ・ハウスに向かっていたのだが、道を間違えて、わたしは間違えてると思ったけど言い出せなくて、途中で古道具屋に寄ったりして到着が遅れ、やっとたどり着いたときにはもうみんな席に着いていた。

プログラム側の代表であるクリスがスピーチをして、十週間は長いと思っているかもしれないがニューオーリンズとシアトルの旅行から帰るころには時が経つのはなんて早いのだろうと思うだろう、と言っていて、わたしはそのころにはきっとそう思うだろうと思って、実際二か月後にはそう思ってこのスピーチを思い出した。

そのあと、なんの順番か全然わからなかったが自己紹介が始まり、早い段階でわたしの名前が呼ばれ、前の数人が言ったことをなぞるように、わたしは小説家で本を何冊出していて、それから英語があまりできないからがんばって勉強します、と言った。そのあとに続いた作家たちは、皆、すらすらと自己紹介をした。ユーモアを交え、自分がどんな作品を書いて、どんな社会的な活動をしているか熱を感じる言葉で語った。皆がスピーチをする演台のうしろには立派な暖炉があり、その上に、このプログラムを創設した詩人のポール・エングルの大きな写真が掲げられていた。

　だいじょうぶ、ちゃんと話せてたよ、とそのあとで声をかけてくれたのは、アリスだった。エルサレムに住んでいるパレスティニアン。二十五歳で、今回の参加者の中でいちばん年下だった。アリスは四月になにかの交流事業で日本に行ったと言った。東京と京都に行った。伏見稲荷に行った。抹茶のお菓子、最高。スピーチでは、何十年ぶりかでこのプログラムに呼ばれたパレスティニアンの女性、二人目、と言っていたと思う。それはとても名誉なことだ、と。

　その夜にパーティーがあった。誰かの家の庭だった。森の中の白いその家が、誰の家だったのか、今でもわからない。広い庭に、テントが張られ、大勢の人が、大学の人、町の人、百人くらいはいた。香港のヴァージニアが、すばらしく流暢な英語でときどき笑いを誘いながら（ファミリーネームがNGだけど、No Goodじゃない、とか）、感謝と熱意を込めたスピーチをした。

　わたしは、彼女がスピーチをするというのはいつ誰が決めたのだろう、と聞きながら思っていた。確かにヴァージニアの英語力と経験豊かな話しぶりは、この場でスピーチをするにふさわしいのだが、誰がそれをいつ知って決めて、彼女はいつ用意したのか。とにかくこの場所で起こることは、自分には二割くらいしか把握できなそうだ、と。思い出してみると、そのときにはもう、ほかの参加者たちは仲良くなっていた。性別や年齢や地域が近いところでなんとなく塊になり、何年も知っていたみたいに親しげにスマートフォンで写真を撮り合っていた。

　わたしは所在なく、プログラムの間サポートしてくれているケンダルさんについていき、日本文化に関心がある学生や日本出身の住人としゃべったりして、そういえば、出発前に誰かアイオワ大学にいる作家はいないだろうかと思って家の本棚の本のプロフィールをめくっていたら『無分別』を書いたオラシオ・カステジャーノス・モヤがアイオワ大学で教えていると書いてあったので、ケンダルさんに聞いてみたら、その人は見たことがある、今日も来るんじゃないでしょうか、と言って、通りかかった別の先生に聞いたら、

「あ、彼はそこにいるよ」

とあっさり言われて、テントの下に座っているオラシオさんのところに連れて行ってくれた。それで、わたしは日本から来た、あなたの『無分別』を読んでとても興味を持ちました、と言ったら、オラシオさんはとても陽気な感じの人で、前に半年間東京にいたことがある、アイオワにいるあいだに連絡してください、と言って研究室の内線番号を教えてくれた。

自分が読んでいた作家、それもエルサルバドルから亡命してきた作家がこの大学で教えていて、実際にそこにいてすぐ話せたのがアイオワに来て三日目で、「ここ」は文芸創作科で名の知られたアイオワ大学、そしてアメリカなのだと実感した。

そのあとは誰か話せそうな人がいないかと見回しながら、食べ物を取りに行ってみたり、参加者の作家たちに自分が撮った写真のポストカードを渡して会話を試みたり、うろうろしていた。英語ができないというのも大きな原因だったが、小学校、中学校、高校、そのあとの職場や、とにかくどこでも、新しい環境が始まるたびに、わたしは似たような状況になっていた。気がつくと、他の人たちはあっという間に仲良くなっていて、自分は取り残されている。いつもと同じと

言えば同じだった。

この十年ほどは、自分は「小説家」で会う前から相手がなんとなくわたしのことを知っていてあれこれ話しかけてもらえるという特殊な状況にあるからなんとかなっているが、こうして、自分のことを知っている人がいない場所、同じ条件でスタートする場所にいると、まったく成長していなかったのだなあ、と思い知らされる。ここでもＩＷＰの参加者だと名乗ると、おめでとうとかどんなものを書いてるのとか、もてなしてもらえる状況にもかかわらず。

森の中で日が暮れて、いつの間にか人はかなり少なくなっていて（どういうタイミングで人が帰っていくのか、それも何歳になってもつかめなくて、たいてい最後まで居残ってしまう）、女性ばかり残り五、六人になっていた作家たちと片付けを手伝い、残った料理を車に運んだ。プリヤとコートニーとアリスと、ガリートもいたと思う。皆わたしよりも若くて、外国に行くのも、インターナショナルな行事に参加するのも慣れているみたいだった。元からの友人みたいにしゃべっていた。

ホテルの建物は、アイオワ・メモリアル・ユニオン、日本の大学でいうなら「学生会館」とか呼ばれてそうな建物にくっついていた。ユニオンの地下には、フードコートや購買部があり、上の階にはホールや映画館、美術館もあるらしかった。

わたしたち作家の部屋は、アイオワ・ハウス・ホテルの二階と三階に分かれていた。ホテルは、上から見たら三角定規の細長いほうと似た形をしていて、六十度の角の内側のところにエレベーターがあり、エレベーターから出て右に行くいちばん長い辺と、左側に行く短い辺、その両側に部屋が並んでいる。二階は右側の長い辺、三階は左側の短い辺の部分が、作家たちの部屋だった。二階のエレベーターのすぐ向かいには、コモンルームと呼ばれる作家たちの共有スペースがある。その隣に、このプログラムが四十九年前に始まったときからスタッフをしているマリーの部屋があり、そのさらに隣に、朝ごはんの部屋があった。

作家たちがよく集まるその場所から心理的にいちばん遠いのが、三階突き当たりのわたしの部屋だった。ついでに言うと、洗濯機があるのは二階の長い辺のいちばん奥で、そこからは正確に物理的にほんとうに遠かった。端っこの眺めのない部屋では何人かがコモンルームにいてもまったく気づかず、洗濯機の奪い合いにもいつも取り残されることになった。

コモンルームの冷蔵庫に入れた歓迎パーティーの料理の残りは三日後の別のパーティーのあとにコモンルームに行ったときもまだあって、プリヤが「poison」と言って笑っていたのを覚えている。

最初の十日ほどは、図書館のオリエンテーションがあったり、本を借りるにもメールをやりとりするにも必要な大学のシステムに登録するのに一苦労したり、食事代として日当が出るので社会保険番号の登録をするために社会保険事務所に行ったり、それからやたらとパーティーがあった。

すごく広い公園の池のほとりでバーベキューとか、誰かの家のものすごく広い庭でパーティーとか、もっと広い公園の湖のほとりに立つ建物でアイオワにいる外国人たちの催しに参加するとか。そのたびに、人が集まることができる広い場所がそこら中にあることと、ケータリングの料理の豊富さに感心した。どこに行っても必ずあるピザとベーグル、中華料理やスシ、ディップソースが添えられた生野菜、フルーツ。ビールとワイン、コーラとソーダ、コーヒー。それらを誰が準備して、どこからデリバリーされて、全然分別しない大量のごみはどこに運ばれるのか、いつもわからなかった。

金曜になると、翌週の時間割がメールで送られてくる。同じころに、部屋のドアの下から、それを印刷したものが差し入れられる。黄色とか水色とかピンクとか、毎週少しずつ色の違う紙だった。毎週決まって出席するのは、月曜日は「International Literature Today」、水曜日は参加している作家が関わっている映画を観る「Cinematheque」、金曜日は市民図書館での「ICPL Panel」とシャンバウ・ハウスでの「International Translation Workshop」と朗読、日曜日はダウンタウンの書店での朗読。それに、ほかのパネルや作家が来て話を聞くとかアフリカとかインドとかの地域ごとのパネル、クラブやバーでの朗読会など、そのときどきでイベントがあり、休日にはハイキングやパーティーがあった。

たいていのライター・イン・レジデンスには、そこで過ごした経験なり舞台にした創作なりを書く義務があるようだが、IWPにはそれはなかった。いくつかのクラスに出席し、発表し、あとは事前に提示されたアイオワ大学の演劇や音楽の学生とのコラボ、地元の高校や中学校への訪問、地元のラジオや新聞の取材、創作について語る動画への出演に参加する。わたしは自分に余裕がないとわかっていたから、七月に返信したアンケートに最小限しか参加の希望を書かなかった。それでも、なんだかんだと忙しかったし、それに英語を話したり読んだりするとき、常に考えていないといけないから体力を使うのか、日本にいるときよりもずいぶん早く眠ってしまうので、それも時間がないように感じる原因だった。

わたしは、ケンダルさんが担当している学部生の日本語翻訳の授業に参加したり、やっぱりケンダルさんのアレンジでシーダーラピッズの高校やオレゴン大学の授業に行ったりしたし、他の作家たちもそれぞれの国や文化に関する研究会や授業、地元の美術館などでのイベントに参加していたようだ。プログラムの一環のもあったし、作家がプログラム外でのつながりでやっているイベントもあったし、ここで生活する間にできたつながりもあった。「亡命者たちの街」であるピッツバーグでのイベントにも、三人の詩人が参加していた。

他の作家たちも、こんなに忙しいとは思わなかった、あんまり落ち着いて仕事できないよね、と言っていた。皆、それぞれに自分の仕事を抱えていた。ヴァージニアやシェナズは新聞記事を書いていたし、アマナとウカマカはテレビドラマの脚本を書いていた（ニューオーリンズに行ったとき、ウカがパソコンのアダプタが壊れて今日中に原稿を送らないといけないのにどうしようとパニックになっていたのを覚えている）。専業の作家は少なかった。大学や高校で教えている作家がいちばん多く、それからあまり人にプライベートなことを質問しないわたしにとっては、「謎」のままの作家も多かった。

火曜日は、買い出しと料理の日だった。

配られる時間割には「Weekly Grocery Run」「Open Kitchen」となんだか楽しげな名前が掲げられており、説明のところにも、自分で作ったものが食べたい？　それならオープンキッチンに案内するよ、みたいな陽気な文章があって、アメリカやなあ、と思った。一週目だけ、自分は作らないがオープンキッチンについていって、ウカやタティアナやヤロスラヴァやガリートやオディやアリスが料理を作るのを、チェウォンといっしょに見学した。ウカは鶏を丸ごと野菜と煮込んでスープを作り、味見をさせてくれたがものすごく辛かった。ヤロスラヴァは茹でたとうもろこしをくれた。オディが作ったチコリを塩とレモン汁で和えたサラダはおいしかった。翌週、米が食べたいと言っていたらガリートがピラフみたいな料理をタッパーに入れてくれた。おいしかったけど、これもすごく辛かった。

最初に話すようになったのは、ジャニン、タティアナ、カルロス、チェウォン、あたりだっただろうか。チェウォンは、出発の直前に足を怪我して松葉杖生活で、普通に歩けるようになるまでわたしはよく介助についていて、そのときに互いの国の映画や小説家について話した。韓国の映画監督や俳優の名前は、言ってもほとんど通じなかったがスマートフォンで見せるとすぐわかって、日本で呼ばれているのとは発音がだいぶ違うようだった。ポン、ジュン、ホー。ホン、サン、スー。

フィリピンの小説家で年が近いエロスと話したのは、金曜の朗読が終わった後のシャンバウ・ハウスのバルコニーでだった。日本人だと言うと、

「ボルテス・ファイブ！」

とエロスはいきなりオープニング・テーマを歌い出した。日本語で。たとーえあらしがふこうとも一。わたしはタイトルは知っていてマジンガーZみたいなのとは思ったが、明確にはイメージできなかった。フィリピンでは誰もが知っているのだという。

部屋に戻って検索してみたところ、『ボルテスV』はフィリピンで放送された初の日本のアニメ番組で、それはもう大人気になり視聴率は五〇パーセントを超えた。あまりに人気が出すぎてマルコスが最終回の放送を差し止めたらしい。自分の人気に影響が出るからという説もあったが、結局のところは、親たちが子供たちへの教育上の影響を心配して槍玉に挙がり、アニメは新興産業のために政府とつながりがなかったので放送中止の憂き目に遭ってしまったということらしい。

日本の産業や文化が、外国でどう受け入れられてどんな影響があるのか、日本にいるとあまり知ることはない。インドのベンガル地方の小説家ヴィヴィックは、大江健三郎を愛読していると言っていた。ジューイッシュのガリートは川上弘美や江國香織、川端康成の名前をあげた。コウフアやブルガリアのウラディミルは三島由紀夫が好きだと言っていた。一方で、ボツワナのルゴディールと初めてしゃべったときには、日本？　日本の文化好きだよ、えーっと、ブルース・リー？　違う？　じゃあ、ジャッキー・チェン？　カンフー？　と、台本通りのようなやりとりがあった。それはみんな香港やね。え、そうなのか、じゃあなにが日本？　うーん、ニンジャとサ

ムライは知ってる？　ああ、ニンジャね！　サムライね！　そしてわたしは、ボツワナになにがあるか、どんな言葉をしゃべっているか、なにも知らなかった。

八月や九月は、突然雷雨になることが何度かあった。

水曜日の映画の時間、一回目はナターシャがアメリカの中西部の雰囲気がよくわかるからと選んだ『Meet Me in St. Louis（若草の頃）』で、ジュディ・ガーランド主演のラブコメ・ミュージカルで、『オズの魔法使』ほどではないがわたしにはやはり過剰でちょっとクレイジーな世界に見えた。教室を出ると外は大雨だった。空がときどき青白く光り、大粒の雨が地面や校舎にたたきつけていた。ホテルまでは、芝生広場を横切って五分ほどの距離だったので、数名が持っていた傘にしがみつくようにしたり、他はフードを被ったりしてそのまま豪雨の中に飛び出していった。

わたしはチェウォンと迎えのバスに乗ることになっていた。十分ほど待ってやってきた女子学生が運転するバスに走り込み、多少は濡れたがなんとかホテルに戻った。三階の廊下では、ずぶ濡れのジャニンがドアを開けようとしているところだった。だいじょうぶ？　と聞くと、ジャニンは曖昧に笑った。ジャニンはいつも白か黒の服を着ていた。白のシャツに黒いロングタイトスカート。黒のコンバース・オールスター。白のＢＡＯＢＡＯのトート、それか上海のブックフェアで手に入れたという『２６６６』やミランダ・ジュライのロゴが入った布トート。手首には木のタトゥーがあった。日本の小説やアニメもよく知っていたし、日本のドラマもほぼリアルタイムで観ていた。上海の今どきの女子はこういう感じなのやなあ、と思った。ジャニンは、わたしにとって初めての Mainland Chinese の友人だった。その何日後かに歩きながらしゃべっていると、ジャニンは、前の年に参加した作家がすごく寒いっていうから冬の服ばっかり持ってきたんだよね、と言った。わたしは、三年前に参加した作家に聞いたら暑くて半袖が足りなくなったっていうから慌ててTシャツを増やして持ってきてんと、言った。

アイオワの秋は、その年によって暑かったり寒かったりするみたいだった。十一月の終わりには雪が降って、冬は川が凍るくらいに寒いらしい。二〇一六年は結局、九月の終わりまで暑かった。十月になっても、昼間はそんなに寒い日はなかった。二〇〇八年にはアイオワ川が溢れて、ホテルの二階まで水没するほどの水害があったらしいが、わたしがいた九月には隣町のシーダーラピッズで洪水があった。

何度か、明け方に雷と豪雨の激しい音で目が覚めることがあった。雨は何度も降ったが、ざっと降って数時間で止み、一日中、あるいは何日か雨が降り続くようなことは一度もなかった。

日々の生活自体には、一週間もすれば慣れた。朝は朝ごはん部屋で、リプトンのティーバッグとベーグル。昼はユニオンの地下でスシを、夜はチポレでブリトーやブレッド・ガーデン・マーケットでデリを買ってきて食べる。部屋にあるのは冷凍庫のない冷蔵庫とトースター機能のない電子レンジとカプセル式のコーヒーマシン。カプセルがあったマンゴーオリエンタルティーみたいなのは、心底まずかった。最初に冷蔵庫に入っていた円いチーズは、真っ赤だった。クレヨンの赤みたいな赤だった。よくわからないので、そのまま食べた。食べ終わってから検索したら、赤いところは蠟で、中身だけ食べるのだと知った。蠟は全部食べたが、どうもなかった。

インターネットで検索すると、たいていのことは、誰かが先に経験して、それを書いていた。わたしがここに来るより前に、日本からアメリカに来て生活した誰か。風呂の配管が詰まるからネットをかぶせるとか、歯ブラシがとにかく大きくて困るとか、ルートビアがまずいとか、アイオワシティのアジア食品店で買えるものとか。小さな経験も、誰かがすでに体験して、書いて、画像付きでブログにアップロードしていた。

参加しなければならない三つのイベントのうち、わたしが最初にやるのは朗読だった。一時間に二人のこともあれば三人のこともあって、わたしはコウフアと二人、持ち時間は二十五分だった。ハイ・グラウンド・カフェで、ケンダルさんと、わたしの小説を翻訳してくれる大学院生のローレルさんと、それぞれに先生になってもらって練習をした。ローレルさんが英訳した「つばめの日」という短編の一部を、朗読用にさらに詰めて、わたしは何度も練習した。何度も、そして細かく単語を確認しながら読むと、自分が書いた日本語の文章についても考えてしまったし、英語は主語も目的語もはっきりしているというか、文章として必要としていて、その律儀さがおもしろかった。

まだ九月のはじめだったので、本番でもあまりうまく読めなかった。十月の終わりだったらもう少しましだったろうと思う。それでも、何人かの作家が良かったよ、と言ってくれて、クリスティンが、ビール飲もうよ、と言った。コモンルームで、お酒飲もう。

それで、クリスティンとシェナズとシャンバウ・ハウスの近くの「John's Grocery」という一九四八年からその角にある酒屋兼食料品店に酒を買いに行った。アメリカは何年か前からクラフトビールが大流行で、店の奥のビールのコーナーには百種類くらいのビールが並んでいた。その中から、ボトルがかわいいのをいくつか選んで、クリスティンは大きいペットボトルに入ったバーボンをげらげら笑いながら抱えて、ワインが好きなシェナズは赤ワインをじっくり見て二本選んで、チーズとプラスチックのカップも買って、わたしたちはホテルへ向かって四角く区切られた町を歩いた。朝は晴れて暑かったが、午後から雲が出てきて午後五時すぎのこのころには、灰色の重い雲がどんどん流れてきていた。風も急に強くなって、砂埃を舞上げた。

二ブロック行ったあたりでハイ・グラウンド・カフェの前を通ったら、テラス席にコウファアやハオやジャニンがいて、そこはそこで打ち上げをやっているところだった。雨が降りそうだから気をつけて、と互いに声を掛け合った。

風がますます強くなった。

「間に合うかな」

「すぐ、嵐が来るよ」

わたしたちは言った。坂の下、ホテルが見え始めた。アイオワ川の向こうの空には、ほとんど黒に近い灰色の雲が垂れ込めていた。

「山があるみたい」

灰色の雲とその影が、空に浮かぶ山みたいに見えた。どう見ても、山脈がそこにあって、雲がかかっているようにしか見えなかった。周囲は何十キロ四方もとうもろこし畑しかないはずなのに、忽然と山脈が現れたのだった。

わたしたちは、足を早めた。ユニオン側の玄関が見えた。

「早く！　急いで！」

わたしたちがドアを開けて滑り込んだ途端に、雷鳴が轟いた。

わたしは今でも、あれは山だったと思う。空の中に、山があって、そのときだけは見える山だった。


金曜日の昼間は、ダウンタウンの市民図書館の部屋で、「ICPL Panel」があった。Iowa City Public Library で ICPL。アメリカの人は頭文字で略すのが好きだ。メールには、A.S.A.P.（できるだけ早く）、R.S.V.P.（要返信）。授業の名前も「ILT」「ITW」。市民図書館だから、座席には市民もいた。毎週必ず来る人が三、四人いた。うしろのテーブルにはデリバリーのピザとレモネードが置いてあって、食べ放題だった。

毎週設定されたパネルのテーマは、政治、文学、文化……。リアルワーク、というのもあった。このパネルの時間に頻出してすぐに覚えた言葉が「refugee」「immigrant」「emigrant」だった。難民。入ってくるほうの移民。出ていくほうの移民。いつの週だったか、エジプトのカレッドが、パネルのスピーチの中で、今後は移民や越境はますます進み、国籍や民族の意味は薄れていくだろう、と話した。それが、否定的な、あるいは皮肉を交えたニュアンスなのか、肯定的な意味で話しているのか、わたしはとらえきれなかった。

その翌日か二日後、ナイジェリアのグンバから皆にメールが送られてきた。カレッドの話したことに、自分は同意しない。性別や民族など生物学的な違いからは逃れられないし、国籍からも自由になることはなく、人はそのアイデンティティを背負い続ける、というようなことが書いてあった。「アイデンティティ」は、持って生まれた属性という意味で使っているようだった。

わたしは、その内容について、頷くところもあったしもう少し細かく尋ねたいところもあったし、つまりグンバと話してみたかったのだが、なかなか機会がなかった。シカゴ旅行のときに、ホテルの前でバスを待っていたら、そばにグンバがいることがあったので、わたしは、このあいだ送ってくれたメールのことなんだけどわたしはとても興味を持った、と言ったらグンバは、サンキュー、と返してくれて、わたしは、ところどころ「controversial」だけど、と言った。大統領選のニュースで度々使われていて、覚えたばかりの言葉だった。論争を呼ぶ、物議をかもす。そうしたらNO! とグンバは大げさにがっかりしたような表情を作った。そばにいたウカマカが笑った。わたしは、あれ、controversial はこういうときに使うべきではなかったのかな、否定したわけではなくて、話したかったんだけど、と思ったが、バスがやってきて続きは話せなかった。

何日目だったか覚えていないけれど、部屋が向かいのフィンランドの詩人、ヘンリッカとエレベーターを降りて歩いているときに、

「マリーの部屋でプリントアウトしないと」

とわたしが言ったら、

「学生のプリンター、使えるよ。すぐそこにあるし、便利」

とヘンリッカが言った。

「ほんとに？　どこの？」

「ユニオンの三階。そこから行ける」

ヘンリッカが指さしたのは、廊下の突き当たりの非常ドアだった。そのドアは開かないとわたしは思っていた。だから、地下にスシや飲み物を買いに行くたびに、長い廊下を歩いてエレベーターでロビーに降り、そこからまた長い廊下をユニオン側に戻ってその奥の階段から降りるという遠い道程をたどっていたのだ。

「ほんとに？」

Really?

「うん。ほら」

ヘンリッカが押すと、ドアは難なく開いた。魔法のよう、とわたしは感動した。

「ここのプリンター、使えるよ」

そこは、学生用のコンピューター・ルームで、壁際にぐるりとパソコンが並び、部屋の真ん中に二台プリンターが置いてあった。

部屋は、芝生広場に面して一面のガラス窓で、眺めがよかった。それからは、わたしは、そこのコンピューターやプリンターをちょいちょい使いに行った。一枚たしか十セントかかったけど、眺めのない部屋と違って、昼間は芝生と木々の緑に日が差し、青空の下にアイオワシティの中心である昔の議会だった建物が見晴らせて、とても快適だった。

地下の売店に行くだけでなく、シャンバウ・ハウスや「ILT」のクラスに行くにもそこのエレベーターでユニオン側に出た方が近かった。だけど、そのエレベーターを使う作家はわたしだけで、教えてくれたヘンリッカにも、結局プログラムが終わるまで会うことはなかった。

それから、毎日、わたしはそのドアを通って、授業に行き、昼はスシを買いに行き、夜は売店に飲み物とヨーグルトかクラッカーを買いに行った。

細長く狭い売店には、飲み物とスナック菓子と死ぬほど甘い菓子とインスタント食品（チーズマカロニもあったし日本のメーカーの焼きそばもあった。湯切りなどという面倒な作業をアメリカ人がするのだろうかと思ったら、水を入れて電子レンジで加熱する方式だった。チーズ味がおいしかった）と冷凍食品と、少しだけ文房具もあった。わたしは味のしないプレーンな水を飲むのが苦手で、しかし「tea」とつくものは砂糖たっぷりで。ペットボトル一本が二九〇キロカロリーもあるのしかなく、しばらくしてダイエットコークばかり買うようになった。

レジにはいつも学生のアルバイトがいた。たいていは、ちょっとぽっちゃりした眼鏡をかけた白人の女の子で、愛想がよかった。いつも、ハイ、と言うと、ハイ、と返してくれ、グッドナイト、と言い交した。何度かアジア系の体格のいい男子学生バイトに当たったが、彼はずっとスカイプで誰かと話していて、計算も間違えた。いつもの女子学生も、他の学生も、皆、レジで勉強をしていて、ときどきスカイプかなにかで話していた。もちろん、座って。決められた仕事をしていれば自分のことをやっていいというのは、わたしにはとても気楽でいいことに思えた。日本ではレジに誰も来なくても直立していなければならないし、公務員が勤務途中に昼食を買っただけで苦情が入るなどという話に、わたしはうんざりしていた。

地下の通路に並べられた机でも、一階のロビーのテーブルでも、夜遅くてもいつも学生がいて勉強をしていた。壁と壁との隙間に座り込んだり、ホールの絨毯にほとんど寝転がるようにしている学生も見かけたが、皆パソコンを開いて真剣な顔つきでなにかしていた。迷路のようなユニオンの建物の中の、至る所に机と椅子が置いてあり、二十四時間、学生はどこを使ってもよかった。IWPの参加者であるわたしたちも。

エレベーターに乗って、「3」のボタンを押す。ドアの上にある階数の表示を見上げる。数字の入った円い部分が光る、ごくオーソドックスな表示だった。それがなぜか、「3」は光らず、「2」の次は「4」が光って、ドアが開くとそこが三階なのだった。

三階のコンピューター・ルームも、夜遅くても朝早くても、学生がいた。ここで一度、発表の原稿の直しをケンダルさんに夜中まで手伝ってもらったことがあったが、午前一時を過ぎても、それが当然というように何人もの学生がそこにいた。そこにペットボトル飲料の自動販売機もあって、地下まで行かずに買えるとよろこんだのだが、存在に気づいて何日目かにはコーラが途中で引っかかった状態で止まっていて、そのままずっと修理されなかった。プリンターもしょっちゅう故障して、故障すると三日はそのままだった。

パーティーのほかに、湖や山やりんご狩りに出かけることもあった。どこに行くにもスタッフや大学院生が運転する車に分乗し、とうもろこし畑を貫くまっすぐなハイウェイを二時間以上走った。

九月の初めに、ロデオを観に行った。車で三時間も走って、会場に着いたときにはちょうど空がオレンジ色に暮れていくところだった。出発前に検索したら、星条旗柄のパラシュートがロデオ場の真ん中に降下するという派手な開会の儀式があるようだったが、それには間に合わなかった。

平べったい大地に、夕日に照らされて、自動車が見渡す限り並んでいた。いったい何台の車がここを目指して走ってきたのか、数え切れないほどの車、車、車。その中心には、仮設のロデオ場が組まれ、大勢の人で賑わっていた。テンガロン・ハットにチェックのシャツ、ウエスタン・ブーツ。「アメリカン」というテーマのコスプレみたいな人たちが、会場にひしめいていた。どこを見ても、白人しかいない。四角い土の会場の真ん中で、白いテンガロン・ハットに、星柄の革の衣装の金髪の若い女が、暴れ馬に乗って走りだした。馬は飛び跳ねるように馬場を半周ほどして、その後はおとなしくゲートへ向かった。羊が出てきたり、犬に猿が乗ったりしていた。日本には犬猿の仲って言葉があるんだよ、とわたしは隣にいた作家に言った。

会場の周りは、日本の祭りか花火大会みたいに、屋台が出ていた。テンガロン・ハットやウエスタン・ブーツを売る店。ハンバーガーやサンドイッチ。チリ・ポテトを頼んだら、日本なら五人分の大きさに大量にチーズがかかったものを渡された。

なぜか全員揃ってではなく、車に乗れる人数ごとに、少しずつわたしたちは会場を後にした。来たときとは違う車に、違う作家と乗った。延々と続く車畑みたいな駐車場を歩いた。おもしろかった？　うーん、そんなに。アメリカって動物の虐待には厳しいんじゃなかったっけ？　まあ、これもアメリカの文化の一つって感じだけど、遠いよ。三時間もかけて来るとこじゃない。同感。

わたしはワンボックスカーのいちばん後ろに乗った。助手席のプリヤとわたしの前に座るグンバは、数日後にアフリカ文化の授業か研究会かに参加すると話をしていた。コロニアリズム、という言葉が何度も聞こえた。日本でわたしが「コロニアル」という言葉と接することがあるのは、歴史や文化の本以外では、インテリアやファッションで「コロニアル・スタイル」と使われるときぐらいだ。単語としては同じだが、なんとかけ離れた響きだろう、と思いながらわたしは彼らの会話をなんとか聞き取ろうとしていた。

真っ暗な外を見ると、大型のキャンピングカーが並んでいた。ときおり、車のヘッドライトに照らされると、キャンピングカーの周りには馬がつながれていた。ロデオの会場が次の開催地へ移ると、彼らもついていくのだ。そんな暮らしも、アメリカの一部だ。

エチオピアのクリスティンやモーリシャスのシェナズと話していても、コロニアリズムという言葉は度々出てきた。十月のブックフェアのパネルの後、ライターズ・ワークショップの出身で今はアイオワを離れているという詩人といっしょにカフェに行ったとき、クリスティンやルゴディールがアフリカの話をしていた。資源は多くあっても、そこはヨーロッパの巨大企業のもので、彼らはヘリコプターでやってきてゲートの中から出ずにヘリコプターで去って行く、地元にはなんの利益も恩恵もない。

なんの行事の時だったか忘れたが、ロビーのソファで待っているとき、シェナズが隣にいた。その前にわたしはサンプルに上がっていたシェナズの小説の一部分を読んでいて、モーリシャスの歴史をわたしは全然知らなかった、とシェナズに話した。元々はモーリシャス諸島とチャゴス諸島がイギリスの自治領だったが、モーリシャスとして独立する直前にイギリスがチャゴス諸島だけ領有を決め、チャゴスの住民たちは突然移住を迫られた。家族が離れたり、モーリシャスに移るのに相当な混乱があった、その日々をシェナズは小説に書いていた。その後、チャゴス諸島は、イギリスがアメリカに貸し出して軍事基地が作られ、そこからイラクやアフガニスタンへの軍用機が飛び立った。日本でも朝鮮戦争やベトナム戦争のときは沖縄の基地からアメリカ軍の飛行機が飛んだ、沖縄も島で、今でもアメリカ軍の基地が島の多くの部分を占めている、とわたしはシェナズに話した。モーリシャスの住民は主にはクレオール語を使っていて、シェナズの小説はフランス語で書かれている。英訳が出たらもう少し読めるのに、と思う。シェナズはいつも、分厚い本を抱えていた。最初はジョナサン・サフラン・フォアで、次はアリ・スミスだった。

生活にはもう慣れた、と思っていたころ、部屋にいると突然、ごー、という不思議な音が聞こえてきた。パイプの中を激しい勢いで水が流れるような音だった。古いホテルで、お湯が出なくなることもあったので、なにかの故障だろうかと思っていたが、音は全然止まない。ごー、と不気味に響き続ける。しかし、もう夜の十二時前で、着替えてはいないがわたしはベッドに寝転がってiPhoneでツイッターなんかを見ており、まあ、そのうちに止むかな、ぐらいに思っていた。しかし、なんとなく、妙だった。七月に東京でアイオワ生活についてうかがった二〇〇九年の参加者である中島京子さんが、滞在中に二回も火事になった、と言っていたのを思い出した。ぼやで大事には到らなかったけれど。

火事？　でも、音は水が流れるみたいな音なんだけど。それに、なんのアナウンスもないし。しかし、あまりにも音が止まないので、わたしはドアを開けて廊下を見た。開けると、音が非常ベルっぽく聞こえた。そして、二つ隣の部屋のタティアナが、鞄を持って階段へ早足で向かう後ろ姿が見えた。

えー、みんな避難してるやん！　わたしは慌てて、財布とiPhoneをトートバッグに放り込み、そのときは秘密のドアでなくて、みんなが使っているエレベーター横の階段へ行った。そこまできてやっと、奇妙な音が非常ベルだとはっきりした。宿泊者たちが、ぞろぞろと階段を下りていた。

外へ出ると、作家たちが向かいの駐車スペースのあたりに集まっている。もう寝ていたのか完全に部屋着の作家もいたし、皆、釈然としない顔で、そこに立っていた。

二十分ほどして、ようやく非常ベルは鳴り止んだ。まったくアナウンスはないままだったが、わたしたちは、もう戻ってもいいんじゃない？　と言い合い、眠い顔でホテルへ入った。フロントには、中年男性のスタッフがいた。作家の誰かが、なにがあったの、と聞いたら、彼は、さあね、と肩をすくめた。聞いた作家は、こんな対応は信じられない、これぞアメリカだ、とわたしに言った。

うん、アメリカやな、とわたしは思った。ここはアメリカ。

翌週、今度は休日の昼間に非常ベルが鳴り、わたしたちはまた外に出された（といっても、前回と同じくなんのアナウンスもなく、なにか鳴っているから外に出た）。巨大なおもちゃみたいなぴかぴかの消防車が来て、前よりも長く外にいた。そして、前と同じようになにもわからず、なんの説明もなく、わたしたちは部屋に戻った。


プレゼンテーションの時間には、作家たちが、自分の国の歴史や文化、文学史、自分がどんなものを書いているか、について、プロジェクターで写真や地図やイラストを見せながら話した。

話の最初には、たいてい、自分の国は、民族がいくつ、言語がいくつ、宗教がいくつ、という概要が紹介される。そのころ、わたしはたまたまツイッターで、接している国境の数で色分けした世界地図、というのを見かけた。アメリカは意外に少なくカナダとメキシコの二つだけ。ヨーロッパやアフリカの内陸の国が、接している国の数が多かった。一つや二つの国はけっこうあったが、ゼロは少なかった。それはまず島に限られる。参加している作家の国で他国と国境を接していないのは、日本、台湾、フィリピン、モーリシャス、ニュージーランド。一つの国に複数の民族や言語が存在し、一方でマレー系の人はシンガポールにもインドネシアにもいるように、ある民族や言語がいくつもの国に広がっている。国境が人為的に引かれたものだと、わかる。

日本は、民族としての日本人と、日本の国の領域と、日本語を話す人と、その範囲がだいたい重なっていて（現実はずっと多様で変化も進んでいるが、マジョリティの持つイメージはそうなっていて）、それは世界の国の中ではどちらかというと少数派ではないかと、わたしは実感していた。構成や成り立ちが複雑な国にももちろん問題はたくさんあるが、日本人として日本に生まれて日本に住んでいる人のうちの少なくない人が、その国にはその国人が住んでいてその国語を話すものと先入観を持っている。「日本国」のイメージも近代以降に形成されたものだが、ずっと昔からそうだったように、「日本人」という意識を持っていたようになんとなく思っているというか、そもそも一つ一つの概念について根本的に考え議論するような機会は少ない。

アメリカにいるあいだ、日本の情報はツイッターを中心にインターネットで見ていたが、ちょうど民進党の党首選に関連して蓮舫の二重国籍問題が取り沙汰されていたし、国籍や民族、出身に関わる差別の問題も毎日のように目にしていた。「国」は、人が作った制度なのだが、元からすでにあるもの、と日本に日本人として生まれたわたしたちは思っているんじゃないかと、わたしは考えていた。そこに住む人たちの利害を調整するため、暮らしを支えるために作られたシステムとしてではなくて、家族、それも家父長制度の家族の延長としてしか、イメージを持てていないんじゃないか。「純粋な日本人」という言い方がためらいなく使われているのを目にすると、そこからどういう対話を成り立たせることができるのだろうと、考え込んでしまう。家族だってシステムの一つなのだが、男と女が結婚して子供を産み育てる、それだけが「生物として自然なこと」と当然のように言う人も多い。「自然」という言葉はとてもやっかいだ。最初から決まっている、生まれつき、当たり前、正しい、そんな言葉で、当てはまらないと判定したものを簡単に排除してしまう。

グンバが書いていたように、アイデンティティ、性別や人種などは逃れられないものだと思う。これから、その意識が薄まる、あるいは、仕事やどこで生きるかを選ぶときに意味や重みが変わってくることはあるだろうが、それから完全に自由になる、なにも気にせずに生きられるのは、あったとしてもずっと遠い未来のことで、当分の間は、それと格闘して生きていく。しかし、そうやって逃れられないものとして意識して格闘することと、生まれたときから決まっている「自然」の「差」として当然のことと疑問すら持たないこととは、相当に違う。

一つの「国」から、複数の作家が来ていることもあるが、ほとんどは違う「国籍」の作家ばかりだ。しかし、共通の言語を持っている作家たちも多くいた。アルゼンチンのマリアノとベネズエラのカルロスとヘンズリーはスペイン語で話す。彼らはいつも三人で行動して仲が良くて文学も音楽も共通のようだったが、ベネズエラの隣のガイアナは英語圏でかなり文化が違い、ガイアナのルエルと彼らが話しているところはあまり見かけなかった。スペイン語を話す三人の外見は白人で、ルエルは黒人だった。英語が第一言語なのは、ルエルとシンガポールのハオとニュージーランドでポリネシア系のコートニー。シェナズの国も、英語は公用語の一つ。上海のジャニンと台北のコウフアと香港のヴァージニアはマンダリンで話せる。ＩＷＰの作家の中で日本語が話せる人はいないが、ヴァージニアとコウフアとジャニンとわたしは漢字で意思の疎通を図ることが少しはできる。

ここそこを分けるものと、ここそこを越えて広がるもの。そこをここに変えてしまうもの。そこもここと同じに強いる力。

ここにいるあいだ、わたしたちの間にあるのは、英語。もともとこの土地に住んでいた人たちが使っていたのとは違う言葉。「English」の「England」は、ここではない場所。大西洋の向こうの遠い場所。

「ILT」でグンバのプレゼンテーションがあったのは、十月の後半になってからだった。プレゼンテーションが終わったあとのQ&Aで、ナターシャが、ナイジェリアに関わる作家で英語圏で活躍している人は多いけど、あなたは誰が「Nigerian Writer」だと思う？　と質問した。

アフリカ初のノーベル文学賞受賞者のショインカ、『やし酒飲み』のチュツオーラ、近年日本でも人気があるアディーチェをはじめ、他のアフリカの国に比べると突出して世界で知られている作家が多い。わたしがアイオワにいるあいだKindleで少しずつ読んでいたテジュ・コールは、アメリカ生まれのナイジェリア系アメリカ人。ナイジェリアの言葉（といってもナイジェリアにはいくつもの言語がある）で書く作家もいれば、ナイジェリアの公用語である英語で書いている作家もいる。ナターシャは、そのことについて尋ねたのだ。

グンバは、迷いなく答えた。

「ナイジェリアのパスポートを持っている作家」

シンプルに自分はそう考える、というようなことを、グンバは言ったと思う。その答えも、グンバがすぐに答えたことも、複雑な要素を抱えた国で生きる彼が、今まで何度も何度も考えてきたからなのだと、わたしは感じた。

来る前は自炊もしようと思っていたのだが、あまりに道具がないので料理は早々にあきらめて、昼と夜はほとんど買ってきて食べていた。ユニオンの地下では、たいていスシを買った。握り鮨もあったし、カリフォルニア・ロールやアメリカで食べて好きになったドラゴン・ロールというマグロのチリマヨネーズ巻き、海老フライ巻きみたいなのもあった。ここのスシはごはんの炊き加減もちょうどよく、どれもおいしかった。ココがユニオンのスシを作っているのはミャンマー人だと言っていたが、姿を見たことはなかった。

次によく食べたのは、チポレ（綴りはChipotleだがチポレと発音するらしい）というチェーン店のブリトー。日本のコンビニで売っているブリトーは薄くてちょっと小腹を満たすくらいの大きさだが、アメリカで出てくるブリトーは直径十センチ近くある、詰め込みすぎた恵方巻きみたいな物体だった。チポレは、アメリカではどこに行っても売り文句のオーガニックを掲げている店で、サブウェイみたいにカウンターで具を指定して作ってもらう。名前がわからないので指さしてなんとか注文しても、最初は希望と違うものができあがった。誰かのブログを参考にしたり試行錯誤を繰り返し、五回目くらいでやっと思ったとおりのものが食べられた。ボリュームがありすぎるのでブリトーではなくて、ボウルという、ライスの上に具を載せた、タコライス的なものに落ち着いた。

あとはブレッド・ガーデン・マーケットのデリ。セルフ方式で詰めて、量り売り。種類によって値段に違いはなく、全体の重さで値段をつけるのが不思議だったが、サラダは軽く、肉類は重いので、うまく成り立っているようだった。ここはデリの種類も多かったし、ちょっと濃いが味も好みだった。買って帰って、二日に分けて食べた。

それにしても、食費の高さには閉口した。火曜日に大きなスーパーに連れて行ってもらえば多少は安いが、ダウンタウンや歩いて行ける範囲にある店は、なんでも日本より高かった。中華料理店でランチにヌードルを食べても、すぐ十五ドルを超えた。ユニオンの地下で売っているパックのサラダも、六ドルや七ドルもした。初日に冷蔵庫に入っていたあの赤い蠟のチーズも、おいしかったから買おうとしたら間違いかなと思うような値札がついていた。日本のコンビニなら五百円くらいであれもあれも食べられるのに、とわたしは毎日のように思った。とにかくコンビニに行きたかった。わたしは今まで、徒歩圏内にコンビニが四軒も五軒もある場所にしか住んだことがなかった。

アイオワに持ってきていた過去の参加者の本、一九八二年に滞在した中上健次『アメリカ・アメリカ』では、日本人が「エコノミック・アニマル」と呼ばれていた時代なのがわかるし、二〇〇三年に滞在した水村美苗『日本語が亡びるとき』では、東欧やアフリカの作家との経済格差がある。

二〇一六年の夏、わたしは参加者の中では経済的に恵まれていて、気軽に外食したり本を買ったり、たまには洋服を買ったりもしたが、それはわたしが家族を養う立場ではないからかもしれない。

二〇〇三年に食費を切り詰めて日当を貯めていた詩人と同じボツワナから来たルゴディールは、Kindle Oasis の最新のを持っていたし、エチオピアのクリスティンは、ＩＴ機器をおそらく参加作家の中でいちばん使いこなしていて、スカイプ経由でエチオピアの友人たちと交流イベントも企画してくれた。作家になること自体が裕福な階級の出身やエリートに限られている国も少なくないし、たった一人からその国を推し量ることなどもちろんできない。ただ、日本から来たわたしが、自分の国の停滞を感じずにはいられなかったのは確かだ。長い長い停滞。わたしが二十歳のころまで上がり続けていた物価は、そのあたりを境に変わらないどころかものによっては安くなり、そのために賃金はもっと安くなり、労働時間ばかりが長くなった。テレビ番組も代わり映えしないように思うのは自分が年を取ったせいかと思っていたが、実際、十年も二十年も「長寿番組」なんて呼ばれてずっと続いていて、それは人気があったからというより新しい変化が生まれにくかったからなんだろうと、この何年かでそれらが次々終わって気づいた。

日本人の留学生はほんとうに少なくなった、今の日本の若者は海外に出ようとしない、外の世界に関心がない、と何度も聞いた。なぜ、とわたしに問う人もいた。わたし自身が、こうして誰かからオファーされるまで海外へ旅行をほとんどしなかった。なにか小さなきっかけでもあれば思い込みを変えられたかもしれないし、今言っても言い訳になるが、留学など自分に縁のない遠い世界のことだというか、そんな能力もないし無理なのだと学生のころははなからあきらめていたから、そうして非難や揶揄のニュアンスで言われる「今どきの若者」の心情や状況を勝手に説明したくなってしまう。外国へ行くことが身近にある人とそうでない人の感覚の乖離は、大きくなっているように思う。ともかく、日本の人の関心が外にあまり向かなくなっているのは確かで、その背景に経済的な停滞、縮小があるのも間違いのないことだった。

アメリカは物価が高く、豊かな暮らしをしている人も多く、大学の施設や制度も羨ましくなるばかりで、日本で自分が見聞きする生活や労働の現状を思い出すと途方に暮れそうになった。一方で、こんなに小さな町でもダウンタウンにホームレスの人はいたし、ニューヨークやロサンゼルスでは若者、特に女性のホームレスを何人も見て、アメリカの圧倒的な豊かさとそれに比例する格差に混乱してもいた。

なんのイベントもない日や時間のある夜、わたしは大学の図書館に行った。図書館では、他の作家によく会った。行くと必ずと言っていいほど、誰かに会った。図書館は二十四時間使えて(貸し出しは夜十一時まで)、夜遅くても、早朝でも、必ず学生はいた。とても静かな館内の開架の間で、ホールや廊下の至る所に並べられた机で、予約制の小会議室で、いつも何人もの学生が勉強をしていた。

本を何冊借りられるのかサイトで調べたら、五百冊を学年の終わりまで、と書いてあって、なにかの間違いではないかと思ったが、ほんとうに借りられるようだった。二か月と少ししかいないわたしたちにも学生証が交付され、図書館も学生と同じ条件で使えたし、シカゴに行ったときはブルースのライブハウスが学割で無料になった(まさかそんなところで学生証が使えるとは思わず、わたしはアイオワに置いていっていた。こういうところは運が悪い。いや、間抜けなだけだ）。

図書館で、アメリカの作家のまだ日本で翻訳が出ていない本と『紙の民』の英語版と、夏目漱石の英訳と日本語に関する本と、日本が統治していた時代の台湾や朝鮮の文学を集めた本を見つけて借りた。

二〇一四年にロサンゼルスでＵＣＬＡの図書館に行ったとき、「東アジア」コーナーで日本と韓国と中国に関する本が同じ棚に並んでいるのを見た。「東アジアの歴史」として、もちろん分類はされているが、日本でなら「日本」と「アジア」として分けられていそうな本が、同じ棚で見渡せて、それだけで歴史の見方が変わるような感覚があった。

ここから見ること、そこから見るここ。

ここにいるから見えるそこと、そこにいるから見えるここ。ここにいるから見えないそこ。ここにいるから見えないここ。

外国にいるあいだ、考えること。そこにいないから、考えられること。

そうして部屋に戻ると、たいてい隣室のマリアノがかけている音楽が聞こえていた。壁越しに低音が強調されたアルゼンチンの知らないバンドの曲を、わたしはその変型した音のまま、覚えてしまった。

WhatsAppには、しょっちゅう、洗濯に関するメッセージが流れてきた。洗濯機と乾燥機は、三十七人いるわたしたちに一つずつしかなく、しかもホテルの業務用でもあった。洗濯機、今使ってるのは誰？　エロスじゃない？　次はわたし。その次は……。どんどん流れていくメッセージにはついていけないし、洗濯機部屋は遠いし、わたしは洗濯物を溜め込んでばかりだった。一度、洗い終わる時間に取り出しにいけなくて、やっと行けたら洗濯機の上に放り出されていたのはショックだった。服が傷むのが嫌だから全部洗濯用ネットに入れていたのは不幸中の幸いだった。

学生アルバイトのハウスキーピングも、適当だった。説明では、金曜から日曜のあいだの、十時から三時のあいだのどこか、という大変曖昧なもので、いつ来るのか全然わからなかった。金曜の朝八時半に朝ごはんを食べに行っている間に掃除を始められていたり、月曜まで来なかったりした。

十月の終わり、アイオワ生活もあと数日という日に、また非常ベルが鳴って、わたしたちは外に出て、非常ベルが鳴り止むとホテルに戻った。もう誰も、理由を推測しようとはしなかった。

今。わたしは日本に戻ってきて一年が過ぎた。去年の今頃帰ってきて、出かける用事もないからと時差ぼけを放置していたら、ひと月も昼夜が逆転していた。その感覚も、今は遠い。アイオワに持っていったノートパソコンに向かってキーを叩きながら、なんとか遠いその場所を思い出そうとしている。たとえば、こんな瞬間を。

どこからの帰り道だったか、大学院生のアンディが運転する車に乗っていた。とうもろこし畑の真ん中のまっすぐな道。ところどころに雑木林があった。小さくラジオかなにかがかかっていたが、思い出せない。ハオとクリスティンがいっしょに乗っていた。天気のいい日だった。アイオワにいた日々の大半は、天気が良かった。

雑木林に、鹿が見えた。

あ、鹿や、と思ったその瞬間、アンディが言った。

「Deer appeared!」

しかが　あらわれた！

英語ではそういうのか。ドラゴンクエストみたい、とわたしは思った。

ケンダルさんの家に大統領選挙のディベートを観に行くとき、アンドレアが運転する車に乗って、いつまでも着かなくてケンダルさんはこんなに遠いところから通勤してるのかと思ったら道を間違えていて戻る途中の、あのときの暗闇でも、鹿が現れた。

二頭の子鹿を連れた鹿。こっちを向いた親鹿の二つの目が、ヘッドライトを反射して光っていた。

ここと、そこ。覚えていることと忘れていることが、だんだんと分かれていく。

1969　1977　1981　1985　そして2016

夜の校舎は人影もなく、廊下の明かりはついていても入っていいのかさえも判然としなかった。川岸に建つ古いその建物は博物館のようで、裏側のドアから入って薄暗い階段を上っていく間も、この中にほんとうにシアターがあるのだろうかとわたしはまだ半信半疑だった。

昔の少し歪んだガラスがはまり、真鍮の取っ手の重いドアを開け、人気《ひとけ》のない廊下を進み、また別の階段を今度は降りて、そうするとポスターが掲げられた入口があった。

ダンサーの公演があるから見に行く、日本人だよ、とハオに聞いたのはその日の午後だった。日本人？　うん、知らない人だけど、おもしろそう。毎週メールで送られてくるスケジュールには、大学や周辺で行われるイベントや映画やコンサートの情報も記載されていて、プログラムのイベントで手いっぱいのわたしはそこまで気が回らなかったが、こまめにチェックして出かけている作家もいた。わたしは部屋に戻ったときに検索してその公演がKawaguchi Takaoが Ohno Kazuoの過去のダンスを完全に再現するものだと知り、夕方ハオに会ったときにわたしも行くと伝えたのだった。

中に入ると、外からは想像できなかった高い天井で、座席が扇形に広がる、こぢんまりしてはいるが確かにシアターだった。ただ、ステージには段差がなく、体育館みたいな床がそのまま座席の前半分まで続いていた。わたしたちはそのステージの部分に案内された。奥の壁や左右の幕の前にほかの観客たち、二、三十人ほどが、なんとなく距離を保ちながら立っていた。開演時刻は迫っていて、ほどなく、男性が現れて（どこから現れたのか、わたしは覚えていない）、床に落ちている布やブルーシートやタイヤのスポークやチューブなどを拾い、体に巻き付け、身をよじりながら、ステージをゆっくりと歩き回った。体に巻き付けられたものはだんだんと増え、不要品の塊みたいになっていった。

それが終わったあと、観客たちは席に移動した。わたしとハオとヴァージニアは真ん中の前の方の席に着いた。

レコードやラジオのようなノイズが入った音楽が流れ、正面奥のスクリーンにタイトルと年が浮かび上がった。それは、大野一雄が過去に踊った演目とそれが行われた年だった。流れている音はそのときに録音されたもの。ステージのダンサーは、そこで、ハンガーラックに掛かっている服に着替えたり、鏡を見ながら顔を白く塗ったり、赤いボールのようなマスクを被ったり、一輪の花を持ったりし、流れる音楽はタンゴだったりコーランや賛美歌みたいな日本語のなにかだったり、エルヴィス・プレスリーだったりした。大野一雄を模した人形を操る男性の映像を背景に踊る部分もあった。わたしはその映像を以前にも見たことがあった。

わたしは大野一雄のダンスを映像でしか見たことがなかった。それも、かなり晩年のものを、ほんの少しだけ。今自分の目の前で踊っている人は、その記憶の大野一雄にかなり似て見えた。

体型も違うし、顔も違うのだが、大野一雄というのはこういう人、と持っていた印象に重なっているように感じていた。だから、大野一雄がそこにいる、とまではいかなくても、大野一雄がそこにいたときの感じを見ているように思っていた。

元のダンスの公演が行われたのは、一九七七年、一九八一年、一九八五年、それから一九六九年。場所はどこだろう。少なくとも、そのときわたしはそこにいなかったし、そのときそれがどこかで行われていると知らなかった。自分が行ったことのない、知らなかった、そのときのそこの音楽と音が、今ここで流れていて、そのときに踊っていた人の、今はいない人の体が動いたのと同じように、別の人が今ここで動いている。

それが行われた場所はそのときの日本のどこかで、ここは二〇一六年のアイオワシティだった。今、目の前で大野一雄にわたしには見える川口隆夫は大野一雄の公演を直接見たことはなくて映像を見て動きを再現しているのだとサイトに書いてあった。川口隆夫が大野一雄を再現するこの公演は、数年前に日本で演じられ、今年はアメリカの都市をいくつか回っていて、アイオワシティはその途中の一つだった。

わたしは、このアイオワ大学で毎年行われてきた他の国の作家が集まって生活するプログラムの四十九回目の参加者で、たまたま、何十年か前の日本のどこかで行われた時間と運動が再現されているのを見ていた。

公演が終わったあと、トークがあった。ステージの真ん中に二つ並べられた椅子には、右に日本人の男性がいて、左に川口隆夫が顔を拭きながら座っていた。

この公演の説明も質疑応答も英語で、わたしの左後方にいた男性が質問し、そのあと、わたしは質問をした。

わたしは、あなたが踊っているとき大野一雄はどこにいるのか、と英語で聞いた。右の男性が、日本語でいいですよ、と言ったので、日本語で、踊っているとき大野一雄はどこにいると感じていますか、と聞いた。

川口さんの答えは、英語だったと覚えている。動きをフィジカルになぞっていて、プラクティカルなことだから、大野一雄の存在を感じながら踊っているというのではない、という答えだったと思う。

劇場に来るときも誰にも会わなかったが、外に出ると暗い道はいっそうひっそりして、わたしたちだけがここに取り残されたみたいだった。川沿いの建物の裏側の道は工事中で、砂利混じりの掘り返された地面には大きな水溜まりができていた。

部屋に戻ったらpackingしないと。とわたしたちは繰り返して言った。翌日から四泊五日の旅行だった。ハオの行き先はシアトルだった。シアトルはアイオワより寒く、ニューオーリンズはアイオワより暑かった。まだなにもしていない、packingしないと、朝早く起きないと。Good night. See you. 去年参加した作家たちも、似たようなやりとりをしただろう。ただし、去年は今年よりずっと寒かった。

ニューオーリンズの幽霊たち

夜で、大聖堂の白い壁には巨大な人影が映っていた。両腕を大きく広げ、地面から伸びているその影は、神というよりは、得体の知れない強大な力をもったなにものかが街を覆ってしまおうとしているように見えた。

ホラーの街だから、と皆で笑いながら言った。墓場ツアーやホラーツアー、ブードゥー・ショップの看板や告知をストリートでも何度も見かけた。

わたしたちは夕食を終え、ニューオーリンズの中心街、フランスやスペインの植民地だったころの面影を色濃く残すフレンチ・クオーターを歩いていた。アメリカのほかの街とは建物がかなり違う。鉄製の飾り柵のベランダと、そこにぶら下がっている羊歯の鉢植えが美しい。パステルカラーに塗られた壁や、やたらとあるギャラリーのウインドウに並ぶどこかで見たようなアート作品のせいか、古く歴史ある街に来たというよりは、テーマパークかゲームの中の街を歩いているみたいな気分だった。

アメリカで常態化している航空機の遅延のせいで、朝早くにアイオワを出てきたのに、シーダーラピッズの空港でいきなり二時間待たされ、乗り継ぎのデトロイトでも遅延の上に屋内に真っ赤なトラムが走っている長い長いターミナルのいちばん端から反対側の端へと搭乗ゲートを変更され、ようやく到着したときには、ニューオーリンズはちょうど日が暮れるところだった。バスからは、沈む夕日が湿地帯の平たい大地の先で赤く光っているのが見えた。何人かは写真や動画を撮っていた。三か月のプログラムの半ばにある四泊五日の旅行は、ニューオーリンズ組とシアトル組に分かれていた。

ホテルの割り振られた部屋に慌ただしく荷物を置いて、夕食へ出た。ホテルから三ブロックほど先のレストランは、確かユシが検索して決めた。創業百年近いその店はドレスコードがあって、Tシャツを着ていたステファノスとココが入口で止められた。しかし、店が用意しているポロシャツに着替えればそれで「襟付き」クリアで、店員が持ってきたポロシャツはよれよれの上に古着店で見かけるような靴の柄だったが、その合理的な仕組みに感心もした。

他の客たちは、女は背中や胸元の開いたシンプルなドレスに男はジャケットの出で立ちが多く、遅れに遅れた飛行機でやっと到着して移動に適した軽装のまま出てきたわたしたちは、どうしても見劣りがした。中華料理店みたいな大きな丸テーブルを囲んで、わたしは散々迷った末にクロウ・フィッシュ、つまりザリガニのトマトスープを頼んだ。

ニューオーリンズに着いてから、わたしの頭の中ではずっと、ニューオーリンズにいても、と歌う声がループしていた。ボ・ガンボスのどんとの声で、曲のタイトルも全体も思い出せないから、ただそのワンフレーズだけが聞こえ続けていた。どこにいても、いい女はおまえだけ、みたいな歌だった。ニューオーリンズにいても、ニューオーリンズにいても。ニューオーリンズについてわたしが真っ先に思い浮かべるのは、ボ・ガンボスのバンド名がニューオーリンズ名物クレオール料理のガンボ・スープに由来していることとその歌のその部分だった。二十五年も前の歌。「ボ」の由来であるボ・ディドリーはニューオーリンズではないが、ニューオーリンズはボ・ガンボスみたいな感じの歌を歌う人がたくさんいる街なのだろうとわたしは思っていた。

窓際のカップルの席にギターとウッドベースの男たちがやってきて演奏をし、終わると隣、またその隣へと移った。店内を一周するかと見ていたらわたしたちのテーブルだけが飛ばされて、最初のカップルの席に行ってまた演奏を始めたので、なんでこっちには来ないの？ Discrimination? と誰かが冗談交じりに言ったが、リクエストや料金がいるのかもしれなかった。

店の二階は、マルディグラ・ミュージアムになっていた。食事を終えて行ってみると、狭苦しい通路の両側にガラスケースが並び、マルディグラで使われた衣装やパレードの写真が飾られていた。頬骨が出っ張り切れ長の目が離れた意地の悪そうなマネキンの顔がさらにひび割れたり穴が空いたりしているせいで、きらびやかで豪華な衣装も昔話に出てくる悪徳王侯貴族の象徴みたいに感じられた。パレードの車に大勢の観客が集まっている写真に、この地を支配し蓄財していた残酷な金持ちを民衆が引きずり下ろした物語というキャプションを想像してみるが、マルディグラはフランス由来のカーニバルで、このあたりではいちばん大きな祭だった。

そのあとわたしたちの何人かは、メインストリートを少し歩いて、この地区の中心である大聖堂の壁に巨大な影を見つけて、ホラーの街らしいとそれぞれのスマートフォンで写真を撮ってまた歩いて、建物の間に骸骨の人形を見つけたり豪華なシャンデリアが輝いているのに人の気配のない古いホテルを覗いたりした。ハロウィンにはまだひと月近くあったが、街はすでに骸骨や蜘蛛の巣で飾られていた。

宿泊するホテルの一階には黄色い電球で飾られたメリーゴーラウンドがあった。円形のバーカウンターは回転せず、木馬の代わりに人が酒を飲んで騒がしかった。ロビーの壁のガラスケースにはウィリアム・フォークナーの本と原稿が展示してあった。ここに滞在して書いた原稿なのか、ともかくなにか縁があるらしかった。わたしの部屋は玄関の真上の二階。エレベーターで乗り合わせた誰かが、ウカマカの部屋は最上階で夜景とミシシッピ・リバーまで見渡せるんだってと言っていて、ああまたかと思ったが、部屋運が最悪だったアメリカ滞在の中では、ここはフレンチ・コロニアル的内装の豪華ホテルで窓から道が見下ろせてじゅうぶんましなほうだった。窓の外に壁しかないとかごみだらけとかよりは。縦に長い窓から見下ろすと、閉店した家具店の前で、長髪の痩せた男がギターを弾いて歌っていた。人通りの途絶えた道で、何時間も。真夜中を過ぎても歌は聞こえていた。朝になるといなかった。

翌朝は、ヴァージニアとアマナとチェウォンとオディとユシとココとエロスと、昨晩の大聖堂のほうへと歩いて行った。真っ青な空と強い日差しの下で、白い壁の建物も手入れの行き届いた庭も美しく、その庭の真ん中で昨日怪物のような影を作っていたキリスト像は驚くほど小さかった。大聖堂から川のほうへ向かって歩くと、フランス式の庭園があって、馬に乗った誰かの銅像を囲む木々や花は南の地方の色や形や茂り方だった。サングラスがなければ目を開けていられないほど眩しかったし、暑かった。まだ朝の九時だったが観光客はすでに多くいて、公園の前の道路に並ぶ馬車に乗り込み、絵の露店や土産物屋で買い物をしたりカフェに並んだりしていた。

川岸に近い場所にあるカフェデュモンドにわたしたちは行った。カフェデュモンドがほんとうに存在していることに驚いてよろこんでいるのは、当然のことながらわたしだけだった。ミスタードーナツと同じくダスキンがフランチャイズ展開をしていたカフェデュモンドに二十年くらい前に大阪でよく行っていて、ベニエという粉砂糖をかけた枕みたいな形のドーナツが好きで、店内にはニューオーリンズにあるというカフェデュモンドの物語が掲示してあったのだが、店のイメージ作りのためのフィクションかもしれないとどこかで思っていたからだ。

大阪にいくつかあったカフェデュモンドはどこも小さな小綺麗な店だったが、ニューオーリンズのほんとうのカフェデュモンドは大きな公園や動物園の中にある休憩所が巨大になったような愛想のない建物で、緑色のテントが延びる屋外部分ではパイプ椅子とそう変わらないチェアとテーブルに人がびっしりいて、短いが行列ができていた。わたしたちは少し待って、建物のいちばん奥のスペースのテーブル二つに四人ずつに分かれて座った。建物の中も、社員食堂みたいな雰囲気で、制服を着たウェイトレスたちがカウンターで流れ作業で名物のチコリ・コーヒーやベニエを受け取っていた。ウェイトレスの中でいちばん年上っぽい、六十歳は過ぎているように見える小柄で中南米系の顔立ちのこれ以上ないほど仏頂面の女が、隣のアマナやオディたちのテーブルに注文を取りに来た。この店はベニエと飲み物しかないのだが、それをわかっていなかったオディたちがすんなり注文をできなかったので、ウェイトレスは怒り、強い口調で何事か言って

（店内がかなり騒々しいので聞き取れない）、ユシが呼び止めたが無視してキッチンのほうへ去って行った。注文できなかったわたしたちは、通りかかった別の若いウェイトレスに声をかけたが、このテーブルはわたしの受け持ちじゃないから、とすげなくあしらわれ、仕方がないのでわたしたちは写真を撮り合ったりこのあとどこに行くか相談したりしていた。オディたちのテーブルにようやくベニエを持ってきた大変に不機嫌なあのウェイトレスにやっと注文をし、それもほとんど怒鳴られるような調子だったのだが、先に用意しておいた代金を、お釣りはチップで、とユシが渡した途端、その顔は瞬時に満面の笑みに変わった。子供のころテレビで見た百面相の芸をする人を思い出させる、人間とはこのように表情を極端に変えることができるのかと感心するしかない変わりようだった。こんなにチップくれるなら早く言ってよー、と言い出しそうな愛想のよい陽気な人物に変わったウェイトレスは、ベニエとコーヒーもすぐに持ってきた。大阪で何度も食べたベニエは小さくて形が揃っていたが、本場のカフェデュモンドのベニエは油の鍋の中で爆発したみたいにそれぞれ個性的に大きく、そして粉砂糖は雪山のように大量にかかっていた。味はだいたい同じだった、たぶん。

わたしたちは観光地によくある、土産物や安っぽい「アート」を売る店が並ぶショッピングモールを抜けて、川岸へ出た。向こう岸がよく見えないほど川幅の広いミシシッピ・リバーは薄茶色に濁っていた。川岸に沿って走る路面電車の無人停留所があるくらいで、人はほとんどいなかった。わたしはパノラマ写真を何度か撮って、暑いね、と言った。蒸し暑かった。少し涼しくなり始めたアイオワから来ると、季節がふた月ほど戻ったような感覚だった。

店が並ぶ区画へ戻ると、観光案内所があったので、わたしたちはそこへ入って少し涼んだ。名所やツアーのリーフレットがラックに並んでいて、見ているうちにヴァージニアがホーンテッド・ツアーに行こうよ、と言い出した。四日目の夜だったら行けるんじゃない？　どれがいいと思う、とリーフレットをいくつも引き抜いた。「The Voodoo Bone Lady Haunted Tours」「Ghost City Tours」「Dark History Tours」「French Quarter Phantoms」「American Horror Story Tour」「Haunted History Tours」、黒地に縁がぶるぶる震える書体でそれらの文字が並び、蝙蝠や吸血鬼や魔女のイラストが添えられている。幽霊も怪物も魔女も吸血鬼も骸骨もこの街にはたくさんいて、ヒストリーはダークでホラーでホーンテッドのようだ。

ヴァージニアとアマナとチェウォンとオディと土産物屋を見て回りながらホテルのほうへ歩いた。世界中どこに行っても観光地は似ていて、土産物もそっくりだ。街の名前や名所名物のイラストが入ったTシャツ、マグカップ、キーホルダー、ボールペン。それからニューオーリンズ名物として、人相の悪い唐辛子のキャラクターが描かれ地獄や悪魔の名前がついた辛いソース、カフェデュモンドのチコリ・コーヒーもどの店にも置いてあった。

午後は、バスに乗って、地元の高校へ向かった。そこは、高校生が大学にも在籍して勉強したり単位を取ったりできる制度があるらしい。その制度をとっているクラスを訪問して、なにか話をすることになっていた。

中心街から二十分ほど走った住宅街の中にその高校はあった。外から見る校舎は、日本の高校ともそんなに変わらないコンクリートの四階建てだったが、エントランスを入るとゲート型の金属探知機があった。校舎に入る者はそこをくぐり、傍らで待機する警備員に鞄の中を見せる。アメリカでは銃の持ち込みを規制するために金属探知機を置いている学校があるとニュースで見たことはあったが、いきなり目の当たりにすると、現実感のなさと緊張感とに同時に包まれるような心地がした。

昼休みが終わってそれぞれの教室に向かう生徒たちは、アイオワや、今までに行ったことのあるアメリカの大都市と違って、ルーツが多様だった。典型的なアングロ・サクソンらしい見た目の生徒は、一割もいなかった。いちばん多いのはアフリカ系アメリカ人だが、アジア系やスパニッシュ、そしてなに系とわけられない顔だちの生徒がとても多かった。

ＩＷＰの作家たちは三、四人ずつに分けられ、わたしは指定された教室へ入った。四階の窓から見渡した街は、晴れ渡った青空の下で緑の濃い木々の間に平屋の木造住宅が並んでいた。白やパステルカラーでポーチのついたかわいらしい家並みは一見穏やかだったが、よく見ると空き家らしい家や手入れがされておらず傷んだ家が目立つ。フレンチ・クオーターからここに来るまでにバスから見えた建物も、一階に板が打ち付けられたまま放置されているのがいくつもあった。二〇〇五年のハリケーン・カトリーナによる被害は甚大で、住人が戻ってきていない地区も多いらしい。水没したのはアフリカ系アメリカ人が主に住む地域だったので、それ以前は黒人のほうが多数だった人口の人種比率が逆転してしまった、というようなことを、ニューオーリンズに来るまでに検索して知った。evacuation という単語も覚えた。黒人のほうが人口の比率が高いというのには驚きがあった。アメリカは多様な人種が暮らしていて、日本にいて映画や音楽やスポーツなどのエンターテインメントに接していると黒人の存在感は大きいが、北部の州や街では白人が人口の九割以上のところがほとんどだったりする。アイオワ州も、黒人の比率は三パーセントほどに過ぎない。クリスティンやウカは、アイオワと違ってニューオーリンズではじろじろ見られなくて気楽だと言っていた。

ニューオーリンズは、カトリーナ被害の前は、アフリカ系アメリカ人が七割近くを占めていた。日本と違ってアメリカでは、被害が予想されるハリケーンが来るときは街を離れて遠くへ避難するように呼びかけられるが、カトリーナが襲ったとき、アフリカ系アメリカ人の特に車を持っていない人たちは避難することが難しかった。広い地域が水没し、救援がなかなか来なかったため、大勢が身を寄せたスタジアムは悲惨な状況で病気などの二次被害が拡大した、という当時の報道をわたしは思い出していた。

中心街は水没は免れたし、今は賑やかで観光客も多くて被害の痕跡はほとんどないが、土産物屋や何店舗も系列の店があるギャラリーなど新しくて個性の乏しい店ばかりなのも、カトリーナ被害の影響もあるかもしれないとわたしは思っていた。

二十代と思しき教師の女性が入ってきて、授業が始まった。今学期は、パブリックとプライバシーというテーマでディスカッションを続けていると説明があった。生徒は十二人、十五歳から十七歳までいて、女子が三分の二くらいだった。

同じクラスになったのは、シェナズとコウフアだった。まず自己紹介をして、なにかスピーチをしなければならない。自分が内容をよく理解していなかったり理解していないのに質問しなかったりするのが悪いのだが、前の週に渡されたスケジュールには簡単な説明しかなかった。パブリックとプライバシーに関して最近の日本で問題になっていることをいくつか想定して英語を調べてノートに書いてきてはいたのだが、まずは自国の文化や言語について話すように言われ、わたしは焦りながら頭の中で英語を組み立てた。

最初に話し始めたシェナズは、モーリシャスの詩を様々な言語に翻訳した本を持ってきていて、モーリシャスで使われているクレオール語の解説をした。翻訳したものの中に日本語もあったので、これ幸いとわたしはその本を借りて自己紹介をした。日本語の翻訳は、なぜか二つあった。その詩は年長者が若い人か子供に語りかける内容だったのだが、一つ目は「おまえは」「知るだろう」といった言葉で書かれ、二つ目は「きみは」「わかるでしょう」という語調だった。わたしはアイオワでの翻訳のワークショップで話した経験もあったので、日本語は人称が性別や立場で変化し、それによってかなり印象が変わる、常に状況や立場を重視するのだ、ということを話した。

原稿も用意していないわたしの話は聞き取りにくくわかりにくかっただろうが、生徒たちは温かい目で見守るというような表情で、ときどき聞き返したり、こういう意味かと補足したりしてくれ、わたしはなんとか話し終えることができた。そのあと、自身のセクシャリティを詩の大きなテーマとしているコウフアは、同じゲイの友人が職務質問を受けたできごとを基にした詩を朗読した。

後半は、前回の授業の続きで、プライバシーとパブリックをテーマにした誰かの詩について話し合い、それはいくつかの具体例を織り込んだ詩だったので、その部分に生徒たちが自分が思う例を順に提案していくというスタイルだった。生徒たちはちゃんと韻を踏んで次々と語るので、聞いているわたしにはラップの掛け合いのようだった。何度か質問をしたもののほとんどは圧倒されて見ているだけで、準備してきた原稿はまったく出番がなかった。

教室を出てから、わたしはコウフアに、最近日本ではゲイであることをアウティングされた大学院生が学校の適切なサポートを受けられずに自殺するという事件があった、と伝えようとしたが、細かいいきさつをうまく説明することができなかった。

バスを待っている間に、ユシが、同じ教室だったウカが四十分も熱弁してすごかったよ、と話していた。ボコ・ハラム、とユシが言ったその言葉は、別のときのウカのスピーチにも何度も出てきた。それはウカにとって、とても身近な、ナイジェリアで生きている中で関わりの深い問題なのだと、耳にするたびにわたしは実感していた。

一旦ホテルに戻ったあと、またユシが調べてくれたシーフードレストランに行って、ハーフサイズと書いてあるのに五人前ぐらいありそうな魚のフライサンド、といっても間に挟まれていなくて山盛りのフライにバゲットが添えてあるものを食べて、ジャズクラブへ向かった。ジャズクラブまでは歩いて二十分以上かかり、スタッフのキャサリンやメグが一人になってはいけない、集団で歩いて絶対離れないでと何度も繰り返し言い、田舎町のアイオワとは違った緊張感を持ってわたしたちは格子状の通りをひたすらまっすぐ西へ向かって歩いて行った。

日が暮れてまもないフレンチ・クオーターは、バーやレストランやいくつもあるジャズクラブへと繰り出す人たちで騒々しかった。

　警察署の前で警官に連行されていく男の横を通り、大きな影が腕を広げている大聖堂を過ぎ、骸骨が鎮座する建物を過ぎると、店も人通りも減って、暗闇の部分が増えた。その暗い道の奥から、光るものが呻き声や叫び声と共に近づいてきた。先頭の馬車には、赤い頭巾とマントを被った亡霊たちが六人座っていた。次の馬車には、縞々の靴下をはいて尖った帽子を被った魔女たち。それから、自転車に乗った骸骨たち、徒歩のぽっちゃりした骸骨たち。セグウェイに乗った露出度の高い魔女もいた。馬が引く客車は電飾で彩られ、自転車のホイールは夜光塗料で黄緑やピンクに発光しながらぐるぐる回っている。馬車から亡霊や魔女たちが、きらきら光るなにかを道行く人たちに向かって投げつけている。わたしのところにも黄緑色のものが飛んできた。道に落ちたそれを拾うと、黄緑色の手だった。黄緑色のゴム手袋は、ラムネ菓子や蜘蛛や芋虫のおもちゃが詰め込まれて膨らみ、青ざめた人間の手のように生々しかった。それから、一緒に投げられていくつも散らばっているのは、おもちゃのパールの首飾りだった。

　わたしは、あっ、と思った。一九九二年、予備校生だった夏に、京都大学の西部講堂へボ・ガンボスの屋外ライブを観に行ったときの最後にどんとがステージから大量に投げていたのと同じものだった。緑色のと白色のと、プラスチックの安っぽく光る丸い玉を連ねた首飾り。ステージから摑み取って持って帰ってずっと引き出しに入れていたあのときのと、色の組み合わせまで同じだった。そうか、あれはニューオーリンズのマルディグラだったのか。あれから二十四年も経って、どんとが死んで十六年経って、わたしはそれを知ったのだった。ニューオーリンズにいても。ニューオーリンズにいても。

さらに十分ほど歩くと、周囲は完全に住宅街になり、二階建ての家ばかりで、歩道は暗く人通りもほとんどなくなった。何度かグーグルマップで道を確かめながら、やっとたどり着いた老舗のジャズクラブに入ると、先に着いていたクリスティンが、わたしが持っていた黄緑色のゴム手袋に興味を示した。中身を二人で分けたあと、クリスティンは手袋をつけ緑色の首飾りをそこに巻き付けた。そして二人で写真を撮った。

そこで演奏されたジャズは都会的な響きでわたしの好みではなく、九月に行ったシカゴのクラブで観たブルースのバンドは二つともとてもよかったな、いまどきのニューオーリンズのジャズはこういう感じなのやろうか他のクラブに行けば自分が好きなタイプのジャズもあるのやろうか昼間に路上で演奏していた人たちのは好きだったし、などと思いながら、隣のバーへ行く作家たちとは別れて、ヴァージニアやオディたち、つまり年長者組に入って、離れないように、見失わないようにと、繰り返し言い合いながらホテルに戻ってきた。メリーゴーラウンドのバーに行ってみたかったが混んでいたし、他にお酒を飲む人がいなかった。

部屋の窓から見下ろすと、昨日と同じ男がギターを弾いて歌っていた。

次の朝、船着き場へ向かってわたしたちは歩いた。九時頃だったが、もうすでに暑かった。道路を、清掃車が洗剤を撒いて巨大なブラシを回転させながらゆっくり進んで行く。大雑把やなあ、とわたしはそれを横目に見ながら、また誰かが連行されていく警察署の前を通った。ウラディミルとヴァージニアは、莫言の『赤い高粱』の話をしていた。ウラディミルはチャン・イーモウが監督した映画を観ていて、ヴァージニアに小説のほうについてあれこれ質問していた。

船着き場から乗った観光バスは、いくつかの目的地へ向かう人の混載だった。走り出すと、運転手の男は、アメリカの野球の実況かラジオみたいな独特の節のついた声でニューオーリンズの歴史や名所についてしゃべり始めた。スタッフが用意してくれていたオプショナルツアーに参加したのは、ニューオーリンズ組の半分ほどで、十人もいなかった。二時間近くかかって、目的地は思ったより遠かった。わたしはバスが走り出して高速道路に乗ったあたりで眠ってしまい、窓で何度も頭を打ったがそれでも眠って、やっと目が覚めたときには周囲は草原が広がる風景になっていた。その間も、運転手はひたすらニューオーリンズについてしゃべり続けていた。カフェデュモンド、も何度も聞こえた。同じことを繰り返し言っているだけなのか、少しずつ違う話をしているのか、わたしにはわからなかった。『ジャンゴ　繋がれざる者』のロケ地があると言ったが、建物は確認できなかった。ホイットニー・プランテーションで降りたのはわたしたちだけで、満員だった乗客の他の人たちはどこか知らないが他の観光地へ向かうらしく、帰りにわたしたちをまた乗せるからチケット代わりのシールは服か鞄の見えるところに貼っておくようにと言われた。

ホイットニー・プランテーションは、奴隷制をテーマにした初めての博物館で数年前にできたばかりだとスケジュール表に書いてあった。バスから降りてすぐのところに、案内所と売店を兼ねた建物があり、わたしたちはそこで、かつてこの地方で奴隷だった人の子供時代の姿を模したブロンズ像とプロフィールと言葉が印刷されたカードをもらって首から提げた。

ガイドの女性についていき、白い小さな教会で、総合案内のビデオを観た。教会の中には、子供のブロンズ像がたくさんいた。椅子に座ると足が床につかないような小さな子供たち。表情や仕草がリアルで、そこで毎日遊んでいるように思えた。

敷地は、ひたすら広かった。農園の建物以外は、見渡す限り木がまばらに生えた平原で、どこまでがこの農園の範囲なのか、想像もつかなかった。風の音と案内してくれるガイドの女性の声以外、なにも聞こえなかった。空は薄曇りで、白く眩しかった。

わたしたちは、ここにいた人たちの名前が何千人分も書かれた石碑を回り、彼らが二家族ずつ詰め込まれるように住んでいたとても狭い小屋を見学し、人が住んでいたとは信じられない鉄格子の錆びたコンテナを見、農場主が住んでいた屋敷を見学した。

農場主の白い邸宅は、二階建てのコロニアル様式で、『風と共に去りぬ』を思い出す外観だった。部屋がいくつもあり、食堂の飾り棚には、美しい食器が並んでいた。二階のバルコニーには、ベンチが置いてあって、屋敷から続く大木の並木道が見渡せた。そのあと、その並木の下で、ガイドの人の話を聞いた。いつのまにか、わたしたち以外の見学者が五人ほどいて、当時の暮らしや奴隷制度について質問をしていた。

風が吹くと、木からいくつも垂れ下がったスパニッシュ・モスという植物のふわふわしたまとまりが揺れた。天気はよく、木陰は快適で、穏やかだった。わたしは、その前の年に読んだレアード・ハントの『優しい鬼』を思い出していた。ケンタッキー州の話だったが、奴隷の黒人少女たちに対する凄惨とも言える仕打ち、制度の違う別の州へ向かう彼女たちの決死の逃亡などは、農場内のあちこちにいるブロンズの少年少女たちとも通じる体験だっただろう。さっき見た石碑に書かれていた厳しい生活や幼くして死んでしまった子供たちのことや、二つの家族が押し込まれていた物置くらいの広さのみすぼらしい小屋は、今ここにある美しく穏やかな空や木々や風と光と、うまく結びつかない。しかし、彼らがここで重労働に苦しんで生きていた日々も、今日みたいに明るい空で穏やかな風だったに違いない。

バスを待っている間、わたしが売店で買ったフェアトレードの財布の値段を聞いて、ウカは、信じられない、と声を上げた。わたしの国ならそんな値段は考えられない。うん、そうだよね。わたしは、曖昧に返答した。農産物の袋をリサイクルして作ったデザインが気に入って買ったのだが、フェアトレードと書かれていたことがなんの影響もなかったとは言えない。日本でも、そう書かれた雑貨や食べ物はよく売られている。たいていは普通の製品より高い。その金額を払うことは途上国の人たちの労働を搾取しない、彼らが自立の手段を得るためだと、説明がついている。財布は、ウカの国ではないがその近くのアフリカの国で作られたもので、確かに途上国の女性たちを支援する活動をしている人たちがそれを売っていて、活動の紹介や写真が売り場に掲示してあって、しかし、ウカにとって信じがたい金額で遠い地で売られている財布やアクセサリーを買うことは、自己満足に思われても仕方ないし、実際、わたしにもそういう気持ちはあった。

売店で買った炭酸飲料を飲み終えても、バスはまだ来なかった。離れた場所を通る道路も他の建物も見えず、人影もまったくなく、ここがニューオーリンズの中心街からどの方角にどれくらい離れているのかもわからなかった。バスが来なくて、取り残されたらどうなるのだろう。アイオワにいても、街から出るとわたしはいつもその不安に襲われた。こんな途方もない場所でなぜ暮らせるのだろうと、思う。隣の家まで何キロメートルも離れている場所に住んでいる。畑か草原しかない中を一時間も車で走って通勤する。急に病気になったら？　途中で車が故障したら？　誰も助けに来ないのに。

遅れたがバスはちゃんとやってきた。来たときと同じ人たちが乗っていて、同じ運転手が同じように節のついたアナウンスをずっとしていた。復路は眠らなかった。バスはやがて、湿地帯の上を走るハイウェイに入った。川との境目に沿って、水の上を延々と何十キロも道路が続く。反対車線を見ると、橋桁が水に浸かっているのが見える。この工事にどれくらいの時間と費用と労働を費やしたのだろう。膨大な、そんな言葉では収まらないほど気の遠くなるような費用と資源と労力をつぎ込んで、なぜこれを作ろうと思って、そしてやり遂げたのだろう。わたしは窓越しに、何枚も写真を撮った。真っ青な空には、暑い季節特有の盛り上がった濃い白の雲が遠くまでいくつも浮かんでいた。

中心街にバスが戻ってくるころ、わたしがヴァージニアにiPhoneで画像を見せながら平仮名と片仮名の解説をしていたら、前に座っていたクリスティンとシェナズが、スチーム・ボートのクルーズに行かないか、とリーフレットを座席の隙間から差し出してきた。わたしたちのバスが着く同じ場所から、船は出るらしい。夜は自由時間で、別のジャズクラブへ行くオプションは用意されていたが、わたしたちは蒸気船ツアーに参加することにした。案内所でチケットを買い、出発まで一時間ほどあったので、わたしとヴァージニアは、ナポレオン・ハウスという築二百年の建物を使ったレストランに行ってみた。まだ夕食には早い時間で、客は少なかった。薄茶色に変色し塗装が剝がれた斑の壁には、古い写真がぎっしり飾られていた。わたしたちはそこを抜けて中庭のテーブルに座り、マファレッタというイタリア風のサンドイッチとジャンバラヤを頼んで、分けた。どちらもとてもおいしかった。ニューオーリンズで食べた中でいちばんおいしい食事だった。

一旦ホテルに戻っていたクリスティンがチケットを忘れてホテルまで取りに帰って出航ぎりぎりになるというハプニングはあったものの、わたしとヴァージニアとアマナとクリスティンとシェナズは無事に蒸気船に乗りこんだ。

最上階のバーでカクテルを買い、ヴァージニアとアマナは船内を見に行って、わたしとクリスティンとシェナズはバーのそばのデッキの椅子に落ち着くと、船はゆっくり動き出した。日が沈んだあとで、だんだんと夕闇が迫っていた。濁った川に波が立ち、湿度の高い風がわたしたちを撫でていった。クリスティンはフランスに留学していたし、シェナズの住むモーリシャスはフランス語系のクレオールなので、二人で話すときはフランス語のことが多かった。横に座っていると、二人の会話の中の聞き覚えのある言葉をわたしの耳は拾った。トゥレジュール、オージョルドユイ、とわたしは言ってみた。フランス語わかるの、とクリスティンが言った。大学でちょっとだけ勉強したけど、今、二十年ぶりぐらいで声に出した。それから、フランス語の教科書の最初の数ページに書いてあった初歩的な言葉をわたしは並べてみた。わたしの名前はトモカです、日本人です、今日はホイットニー・プランテーションに行きました。クリスティンとシェナズは誉めてくれて、それからわたしが音だけ覚えていて意味が思い出せない言葉をいくつか解説してくれた。

蒸気船は、どんどん市街地から離れ、空も暗くなった。エンジンルームを見学することができたので、わたしたちはそこへ降りた。解説板のあるエンジンルームは、熱が充満していた。Il fait chaud. とわたしは言った。うん、そう、C'est chaud. とクリスティンは返してくれた。少なくとも十年以上はまったく発しなかった言葉なのに、一つ思い出すとまた別の言葉が浮かんできた。短期間でも勉強したことはそれなりに身についているものなのだと感心した。いちばん下の層のデッキは、水面に近かった。船の照明が当たっている部分は、濁った水が波打つのが見えた。その周りは、暗く、濁っているのも見えなかった。暗い水が海のようで、ついさっきまでフレンチ・クオーターにいたのが幻みたいに思えた。どこまで行くのか、わたしは知らなかった。川岸に工場が見えた。鉄骨に青白いライトが映えてきれいだった。わたしは持っていた単眼鏡でときどきその灯りを確かめた。

中層階のテラスでは、ジャズバンドが演奏し、乗客たちがダンスしていた。シェナズとクリスティンはそこで踊り、わたしは船首近くで写真を撮った。ミシシッピ・リバーにかかる大きな橋と高層ホテルの煌めきが遠くに見え、だんだんと近づいてきた。暗い川に浮かんで見えるそのきらきらした街は、夢の中の場所や何十年も前に別れてきた世界のようで、現実感が乏しかった。遠い未来や、もしくは過去から、眺めているみたいな気もした。今夜中に戻れないほど離れてしまったと感じていたのに、その光に満ちた場所はすぐにそばへと迫ってきた。

わたしは船を下りてホテルまで歩く道でも、クリスティンに向かって思い出した単語を発し、エレベーターを降りるときはオルヴォワ、アドゥマン、などと言ってみた。

WhatsAppには、シアトル組からの画像やメッセージも並んでいた。公園の木々は紅葉し、作家たちもコートを着ていて、ニューオーリンズとはまったく違う季節のようだった。ホテルは海岸にあるらしく、ロビーからの風景は一面の海だった。ポップカルチャー博物館でロックミュージシャンたちの像と記念撮影している作家もいた。プリヤがアップした画像とメッセージに、わたしは目を留めた。煉瓦造りの建物と看板の画像で、ツイン・ピークスの場所の一つ、と書いてあった。もし、シアトル組に振り分けられていたら、わたしは『ツイン・ピークス』のロケ地を訪ねたかった。だいぶ離れてはいるがスノコルミーの滝というところに、あのロッジが建っているのだ。プリヤが写真を撮ったのはそこではなく、クーパー捜査官が立ち寄った建物の一つのようだった。わたしはうれしくて、わたしも『ツイン・ピークス』が好きだと返信した。WhatsAppで自分から誰かに話しかけたのは、それが初めてだった。

部屋の窓から見下ろすと、路上では酔っぱらった若い男が騒いでいた。閉店した家具店の前では、いつもの男がギターを弾いていた。向かいの建物は二階も三階も空き家で、窓の中はコンクリートの壁がむき出しのがらんとした空間だった。こちらのホテルの照明と白い壁がそこをぼんやりと照らしていて、人気《ひとけ》のなさがいっそう目立っていた。

翌日は、夕方の朗読イベントまで自由行動だった。わたしは、第二次世界大戦博物館に行こうとしていた。

ニューオーリンズに行くことが決まって（ニューオーリンズかシアトルかは渡米前に希望を出したが、例年ニューオーリンズのほうが多くてどちらになるかわかるのはアイオワに行ってからだった）、アイオワ・ハウス・ホテルの部屋でインターネットで検索して、表示された中で最も興味をひかれたのがそこだった。アメリカはどの街に行っても美術館や博物館が驚異的に充実して、さらにいくつもあるのでどこにいってもまずはミュージアムと決めていて、ニューオーリンズにはなにがあるのだろうかと検索したら「The National World War II Museum」が出てきたのだった。

ヴァージニアとホテル近くのカフェでベーコンつきのパンケーキを食べたあと、大通りへ出て、路面電車の停留所へ歩いた。系統が多く複雑で、停留所も行き先によって交差点のあちこちに分かれている。アメリカではこういうのはたいてい表示が少なくわかりにくい。ヴァージニアが周りにいる人に聞いてくれておそらくこれだろうというのに乗ることにしたが、そこにいた観光客らしい人々は皆よくわかっていないようだった。

ニューオーリンズの路面電車は、『欲望という名の電車』の電車で、一九二〇年代の木造車両がまだ現役で走っている。走り出すと怖ろしいような音を立て、開け放たれた窓からは生ぬるい風が吹き込んで、怒鳴るような声でないと聞こえなかった。

博物館前という停留所はなく、グーグルマップを見ていちばん近そうに思えるリー・サークルという円形交差点の停留所で降りた。円形の盛り上がっている緑地の真ん中には、高い円柱の天辺に銅像があったが、眩しくてよく見えなかった。この銅像はリー将軍でこのあと撤去されたことを、これを書いている今、検索して知った。

赤茶色の古めかしい建物と同じような色味の教会みたいな建物の前を通り（古城みたいなほうは美術館、教会みたいなほうは南部連合の博物館だった）、「The National WWII Museum」の正面に出たが、工事中らしく白いパネルで囲われており、それに沿って巨大な倉庫のように見える四角い建物の周囲をぐるっと大きく回って裏口みたいなところから敷地へ入った。

チケット売り場に並んで入場料の表示を見ると、一番下に「WWII Veteran」は無料とあった。それは当然だと思う、とヴァージニアは言った。退役軍人に対する優遇措置は、アメリカでは多くあるようだった。ここでも、アイオワ大学の学生証で割引を受けることができた。ヴァージニアは、午前中だけ見たらホテルに戻って仕事をするとのことで、メインのチケットだけを買った。トモカはゆっくり見てくればいいよ、わたしは適当なところで帰るから。うん、わたしは第二次大戦に関することを小説に書きたいと思っていてじっくり見たいねん。メインのチケットの他にオプションが二つ書いてあった。「Final Mission」「Beyond all boundaries」。開始時刻がいくつか並んでいるので、映像かアトラクション的なものだろうと思い、よくわからないのでとにかく全部のチケットを買った。

渡されたメインのチケットは、プラスチック製のカードだった。いわゆるドッグタグ、兵士が身につける俵形で金属製の認識票のイラストになっていて、そこにＩＤナンバーが並んでいた。

ゲートを入ると、緑色の古い列車の車両があり、入ると順に席につくように案内された。木造の車両の内装は凝っていて美しく、ゆったりと旅行を楽しむための列車のように見えた。二人掛けのシートが並び、一人ずつにモニターが配置されている。スタッフに言われてそこにIDカードをかざすと、名前を入力するよう表示が出た。英語を読むのが遅いわたしがもたついて名前を入力し終わらないうちに、画面は切り替わってしまった。そこには、若いアメリカ兵の白黒写真が映し出された。Grant ICHIKAWA、と名前がある。日系アメリカ人のようだ。ヴァージニアのモニターには、白人の青年。なぜわたしのところに日系人の彼が現れたのか、わからない。名前から判断してるんじゃないの、とヴァージニアは言ったが、わたしは名前を全部入力できなかった。偶然なのだろうか。それとも、チケットを買った時点でパスポートも見せたから国籍が登録されたのだろうか。

インストラクターが前に立ち、これから旅が始まる、と言った。シートがある反対側の車窓に白黒の映像が映った。駅のホームで出征を見送る人々。おそらく当時の記録映像だ。わたしたちに向かって手を振っている。列車は走り出し、彼らの姿は後ろへと流れていく。モニターでは、Grant Ichikawa の物語が始まった。父親の反対を押し切ってカリフォルニア大学バークリー校に進学したが、会計士の職にはつけなかったため、実家に戻って果樹園を手伝っていた、その半年後に戦争が始まり日系人収容所に強制移住になった、そこでアメリカ軍に志願した……。映像はそこでいったん終わった。どうやら、わたしは彼と共に第二次大戦を追体験するようだ。

列車を降り、順路にしたがって渡り廊下を進み、別のパビリオンに移動した。どこから回ってもいいようだったが、真っ先に見たいところは決まっていた。
「CAMPAIGNS OF COURAGE: EUROPEAN AND PACIFIC THEATERS」と名付けられたメインの館は、一階が「Road to Berlin」、二階が「Road to Tokyo」と表示されている。アメリカ軍が戦ったヨーロッパ戦線と太平洋戦線をなぞるように展示がされているのだろうと予想した。「Road to Tokyo」、それがわたしが見たい場所だった。

入ってすぐの部屋「Facing the Rising Sun」の正面には、床から天井まで達する大きな白黒の肖像写真が並んでいた。「Allies」と「Axis」。蔣介石、チャーチル、ルーズベルト、そして、「HIROHITO」。日本ではこのように展示されることはまずないので、ここがアメリカの博物館なのだといきなりつきつけられることになった。展示室は、戦艦のブリッジを模していた。パール・ハーバーに停泊していた艦を再現していて、三つの窓には実際の港の映像、端の一つは開戦までの経緯の図解になっていた。

そこから、戦艦の艦内や基地の内部を再現した室には、アメリカ軍と日本軍双方の軍服や武器、装備、そして戦況の解説が展示され、ミッドウェイ海戦、ガダルカナル、太平洋の島々へと進んで行く。展示室は、戦艦内からジャングルを模した木々や草が茂る中に塹壕がある戦場になり、薄暗い照明の下でテントのように張られた幕に当時の映像がリピートで投影されていた。

そのところどころに、その戦地で活躍したアメリカ軍の人々の写真とプロフィールがあった。女性の写真もけっこうあった。日本での経験からか、わたしはつい戦時中に死んだ人だと思ってしまってこわごわ名前の後ろに書かれた生年と没年の数字を確かめたのだが、戦争後も生きていた人がほとんどだった。ここはアメリカ軍が第二次世界大戦でいかに活躍したかを示し、それに関わった兵士を称えるための施設なのだと、わたしは理解した。

次の展示室へ移る途中にモニターと黒電話の受話器が設置してあり、そこにドッグタグをかざすとGrant Ichikawaのストーリーの続きを知ることができた。日系人収容所でアメリカ軍に入隊して、フィリピンへ向かう船に通訳として乗り込んだ。アメリカにおける日系人の強制収容の詳しい歴史も、収容所の環境や暮らしも、アメリカ軍の442連隊はハワイの日系人を中心に作られ、ヨーロッパ戦線で他の部隊よりも高い率の死傷者を出しながらダッハウ強制収容所を解放したことも、そしてその事実は一九九二年になるまで公表されなかったことも、わたしはその前の年に訪れたロサンゼルスの日系人博物館で知った。そのときに話を聞くことができた日系人の高齢男性二人も、収容所で日本語を勉強し、アメリカ軍の仕事をしたと言っていた。日本は戦争に負けるから日本語と日本のことをしっかり勉強して戦争のあとの日本の役に立ちなさいと親から言われたと、話していた。薄っぺらい板が張られただけの、隙間だらけで砂漠の砂が吹き込むあの収容所の建物に、Grant Ichikawaも暮らしていた。わたしはアメリカにある二つの博物館で、日系人の経験したことをようやく詳しく知ったのだった。

通路には、戦時中のプロパガンダの展示もあった。アメリカ人がモンスターのように描かれた日本の絵。その隣に日本人を虫みたいに描いたアメリカの雑誌も展示されていた。ある程度の公平性は考えられているように、わたしは感じた。そう受け取りたかったのかもしれない。

アメリカ軍の攻勢と共に、展示はだんだんと日本に近づいて行く。フィリピン、そして、沖縄と硫黄島。摺鉢山に星条旗を立てる有名な写真。どの展示もとてもよくできていた。まるで映画のセットのようだったし、そこで活躍した兵士たちのストーリーは胸を打つものだった。見学者は、中高年以上の白人が多かった。「WWII Veteran」はそんなにいないかもしれないが、「Veteran」はかなりいるのではないかと思った。アメリカにある第二次大戦の博物館はここだけのようだったが（第一次大戦の博物館はミズーリ州カンザスシティにある）、アメリカは広いし、行ったことがある人の割合は少ないだろう。

十年ほど前に日系アメリカ人の女性が監督した『TOKKO-特攻-』という特攻隊について取材したドキュメンタリー映画を観た。日本軍の兵士もアメリカ軍の兵士も、戦場にいたときは二十歳前後の若者で、こんな戦いはやめたいと思っていた。しかし、あちら側とこちら側は隔たっていて話す手段はなかった。特攻機がつっこんだ空母に乗っていた当時二十歳くらいだった元アメリカ兵の老人は、「キリストはローマ人を許したのに、わたしは彼らを許すことができない」と苦しみ嗚咽していた。特典映像で、映画をきっかけにして元特攻隊員と元アメリカ兵が対面する場面があった。互いに年老い、映画をきっかけに六十年以上の時間を経て、あちら側とこちら側はようやく言葉を交わすことができた。握手をし、過去のできごとを越えて話す彼らの姿に感銘を受けつつ、アメリカの人が戦艦の絵が描かれたキャップを被っていたことが、わたしは強く印象に残った。その場面を、展示を見ているとどうしても思い出した。

日本でわたしがそれまでに行ったことのある戦争関連の資料館には、軍隊の装備や兵器はあまりなかったし、戦争の経緯や戦況を解説した展示も少なかった。戦争によって人々の生活がいかに困窮し、どれだけ被害があったか、焼けて変形した建物の残骸や生活用具、当時の写真などの展示がメインだった。

この博物館にある「戦争」はそれとはかなり違う。

それは、負けたか、勝ったかの違いだけなのだろうか。展示が難しい現実的な理由もあると思うが、それだけだろうか。日本は戦争を天災のようなものだととらえていると、野坂昭如がどこかに書いていたのを思い出す。主体がどうするかよりも立場や状況が先にくるという、日本語の特徴について自分がしばらく考え続けていることも、報道の文章などでよく見かける「批判が起きそうだ」という主語を曖昧にした書き方も、関係のあることなのではないかと思っていた。

戦争の当事者のどちら側にしても、とらえ方や説明の仕方に偏りはある。わたしは太平洋の向こう側から、この戦争を見たいと思って、ここへ来た。そうして確かに、同じ戦争を違う場所から見ていた。アメリカ軍から見た、「WWⅡ」。

沖縄の次は、本土だった。一つの部屋に、空襲と原子爆弾によって壊滅状態になった街の白黒写真が並んでいた。TOKYO, OSAKA, TOYAMA。「OMURA」はどこのことだろう。大阪の街には、爆弾の巨大な穴が三つあいていたが、焼け野原には目印になるような建物もなく、わたしが生まれ育ったその街のどのあたりなのか、わからなかった。

それから、広島と長崎。天井から斜めに吊されたスクリーンには、白黒の記録映像が映し出されていた。「リトルボーイ」が飛行機に積み込まれる。その小ささに、知っていてもわたしは驚いてしまう。キノコ雲、壊滅した市街、頭から首、背中にかけてケロイドの残る男性。二十年ほど前に、スミソニアン博物館でエノラゲイと共に原爆の被害も展示しようとして激しい反対で中止になったことがあったが、今は少しずつ日本の被害も紹介されるようになっているのだろうか。原爆の投下はやむを得なかったかという問いの答えも、若い世代ではNOが増えてきているとどこかで読んだ。このパビリオンの展示は最近リニューアルされたらしいから、そんな状況を反映しているのかもしれない。広島の写真を、わたしは見上げた。この三か月後に、ここから二十キロメートル離れた街でわたしの母は生まれる。

ホテルに戻るヴァージニアと別れ、わたしは「US FREEDOM PAVILION: THE BOEING CENTER」に向かった。「Final Mission」の開始時刻は迫っていて、人の列が扉の奥へと進んでいるところだった。その後ろについて中に入ると、潜水艦の操舵室だった。ここもまた、とてもよくできている。いくつもの計器やランプやスイッチが並び、配管が壁を這っている。きっと本物そっくりなのだろう。閉所恐怖症気味なので、ドアが閉まると少し不安になった。

天井が四角く開いていて、そこに海面が映っている。ベルが鳴り、艦内の照明が落ちて、波が動き出した。夜の空と夜の海。暗い波の向こうに敵の船が何隻か見える。日本の船だとインストラクターからアナウンスされた。傍らでは、二台のレーダー、よく昔の映画やアニメで見た、円形のモニターを緑色の光が回り敵影を映し出す機械が動いている。皆で協力して敵艦を撃沈しましょう、と言い出すのではないかとわたしは不安になった。どの国の船でもいやだけれど、やはりこの場所では自分の国だと意識せずにはいられない。自分はやりたくないし、誰かがゲームのように攻撃するのを隣で見るのも心苦しい。たとえばすぐそばでテーマパークにいるかのようにはしゃいで潜望鏡を覗いているあの子供たちとか。

　幸い、撃てとは言われなかったし、そういうゲーム的な要素はなかった。波の向こうの艦がこっちへ向かって攻撃をしてきて、こちらも魚雷を撃ち返し、波のしぶきがあがる。それが幾度か繰り返されたが、レーダーの緑色は回転し、滞りなく航海は終わるのだろうか、とわたしは安堵しかけた。しかし、突然強い衝撃とともに警報が鳴り、白い煙が室内に充満し始めた。振動も煙も音も、よくできていて臨場感に溢れている。

　周りにいる人たちは戸惑いはしたが、子供たちが泣き出すようなことはなかった。ここから形勢逆転してこちらが撃った魚雷が波の向こうのあの船たちを沈めるのだろう。わたしはあの船を沈めるこの艦に乗って、それを見るのだろうか、と気が重くなっていた。この潜水艦の活躍を称えるためのアトラクションなのだろうから。

　しかし、ひときわ大きな振動のあと、突然静かになった。天井の画面を見上げると、波に泡が見え、遠ざかっていった。沈んだのは、この艦のほうだった。

　わたしは混乱した。なにが起こったのか、飲み込めなかった。暗い海に、白い文字が流れてきた。たった九人だけが生き残った。そう書いてあった。

　扉が開いて、中にいた人たちはぞろぞろとそこから出た。誰も口をきかなかった。入ってきたのとは別のその扉の外には、乗組員の写真が並んでいた。生き残れなかった人たち。若い兵士たち。

　その短い通路を通って外へ出ると、巨大なガラス張りの空間に日が差して眩しかった。わたしの前にいた年配の女性に、スタッフの若い女の人が声をかけた。どう？　生き残れた？　年配の女性は困惑した様子で曖昧に返事をした。

あとで調べたところ、この潜水艦の名前はタング、一九四四年十月に台湾海峡で日本の船団に遭遇。交戦中に自ら発射した魚雷が命中して沈んだ。そして、波の向こうに見えていたのは軍艦以外は民間徴用された日本郵船や貨客船会社の船だった。民間徴用された船にどれだけ甚大な犠牲が出たか、テレビで放映されたドキュメンタリーをわたしは見たことがあった。

そのときはわたしは、魚雷の異常航行が原因で沈んだとは知らなかった。閉じ込められ海に沈んだ暗い潜水艦から出て、真夏のようなニューオーリンズの空が見えるガラス張りの巨大な空間に突っ立っていた。新しい施設は、金がかかっていた。七階まで吹き抜けのホールには、ガラスの柵がついた廊下が斜めに三層、渡してある。そこに銀色に光る戦闘機が何体も飛んでいる。吊り下げられたそれらは、実際に戦争のときに使われていたものだ。壁際の案内板を見ると、いちばん下、わたしから近いところにぶら下がっている小さい機体が、P―51だとわかった。空襲のことを語る証言によく登場する、機銃掃射を行った戦闘機。地上から、操縦席にいる兵士の顔がはっきり見えたという証言も読んだ。頭上に浮かんでいるそれは、想像していたよりも小さかった。銀色の機体に星のマーク、縁は赤く塗られ、おもちゃの飛行機みたいだった。これや、さっき「Road to Tokyo」の途中でぶら下がっていた機首に鮫の顔を描いた飛行機が、暮らしている街の上を飛び、攻撃してくるなんて、悪い冗談にしか思えなかった。高いところが苦手なわたしは、怖くなるのがわかっていたがエレベーターで上に上がり、渡り廊下から操縦席を見下ろしてみた。ガラスの蓋に覆われた操縦席は、とても狭かった。ガラス張りの柵しかない回廊はやはり怖くて、わたしはそこをすぐに離れた。

もう一つの「Beyond all boundaries」の開始時刻まではまだ一時間ほどあった。わたしはボーイング・センターを出て、別のパビリオンへ移った。レストランがあり、なにか食べようかと覗いてみたが、とても混んでいたしサンドイッチが十六ドルみたいな感じだし空腹ではあったが食べる気があまりしなかったので、メインの館に戻った。一階の「Road to Berlin」。入ったところには、二階と同じように「Allies」と「Axis」に分けられた大きな肖像写真が並んでいる。スターリン、チャーチル、ルーズベルト、そして、ヒトラー、ムッソリーニ。北アフリカの砂漠をゆく戦車。爆撃で穴があいた倉庫か基地の屋根部分にモニターがあり、戦闘機の当時の映像が映っている。屏風のような形の大きなモニターには、最新のコンピューター・グラフィックスで再現された空中戦の映像が繰り返し流れていた。イナゴの群れのような信じられない数と密度で飛ぶ戦闘機。その操縦席からの視点で、青い空の中を飛んでいく。

わたしはディズニーランドにもユニバーサル・スタジオにも一度も行ったことがないが、こんなふうなんじゃないかとも思う。表すのが、ファンタジーや魔法の世界か、戦場かという違い。太平洋の小さな島々、ジャングルを進攻していく二階とは対照的に、ノルマンディに上陸したあとは、木造の基地みたいな場所が続き、寒い冬の森のジオラマになった。白い雪が積もっている。青白いライトに照らされたそこは寒そうなのに、見る人たちはTシャツにショートパンツで、時空が歪んで感じられた。

最後は、爆撃で破壊されたドイツの都市が表されていた。壊れた煉瓦の壁、積み上がった瓦礫、その奥に赤い光。戦争は終わった。

わたしは、それらを見ているときも、「Beyond all boundaries」の時間まで他の展示を見ているときも、十二年前に死んだ父親のことをつい思い出してしまっていた。

父は、この博物館の展示みたいなシーンが出てくる映画をよく観ていた。子供のころ、家でテレビや新聞のニュースを見てはわたしに、アメリカが正しい、アメリカみたいにやり返せばいい、といつも言っていた。戦争の原因を作るのはいつも民主党だとも言っていた。わたしがドキュメンタリー番組や戦争の映像に関心を持ったのは、父の影響があったことは否めない。しかし父は、中学生になるころには自分と異なる考えを持つようになったわたしをまったく受け入れられず、死ぬ前の数年はほとんどろくに話もしなかった。

それでも死ぬ前の年、見つかった癌は進行していてもう数か月しか生きられないとわかって家にいたとき、アメリカがイラクに侵攻したと大きく見出しが出ている新聞を広げて、ほんとうにやるとは思わなかった、と父はつぶやいた。アメリカ、それも共和党政権に失望したようなことを言ったのは、少なくともわたしがそれを聞いたのは、そのときだけだった。

死ぬ直前に最後の入院をしていたとき、わたしはノートパソコンを持っていって、父が好きだった映画を見せようとした。『史上最大の作戦』。だけどすでに、父は映像を見ることも、それを理解することも、難しかった。初めて見るなにかに驚いたような顔で画面をしばらく見つめていたが、三分もしないうちに、もういい、と言った。

病気がわかる前に家で酔っぱらっていたときだったと思うが、父がテレビでハリウッドの戦争物のアクション映画を観ながら「わしは、ドンパチが好きや」と言ったことがあった。うん、知ってたで、とわたしは思った。そんな露骨な言い方を聞いたんは初めてやけど。戦争のフィクション。フィクションの戦争を見て、一九四三年生まれの父は育った。終戦時はもうすぐ二歳という年齢で、瀬戸内海の島だったから空襲にも遭わなかったし(しかしボート型の特攻隊の訓練所があったことをわたしは最近になって知った)、戦争の記憶もなく、戦後に雪崩れ込んだアメリカの文化に多大な影響を受けた。西部劇や『大脱走』も何度も見ていたが、『史上最大の作戦』や『コンバット』は特に好きだった。アメリカの政治や文化の一面と、戦争映画やアクション映画を格別に好んでいたことは、父の個人的な性質でもあるが、特別変わったことだったとは思わない。戦争が終わったあとの数年、日本はアメリカの占領下だったし、その間もそれ以後も、政治的にも経済的にも文化的にも、アメリカから最も大きな影響を受けている。在日米軍基地に関することは何も解決していないし、国際的な問題はほとんどアメリカの決定に追随する。電車内の大量の広告を見れば、英語が話せることを道具や手段ではなくなにか魔法みたいにとらえているんじゃないかと思う。小学校で同級生が、外国人はみんなアメリカ人やと小さいころは思ってた、と言ったのを妙によく覚えている。当時のわたしたちが小学校の鼓笛隊で演奏していた曲は、『史上最大の作戦』のテーマとアメリカ海軍の行進曲「錨を上げて」だった。今でも覚えている。『史上最大の作戦』は、ミファソドシラソレ、レミファシラソミ、ミファソドシドレラ、ドドシソシレド。

父が最後の入院をしていたとき、わたしは会社は辞めていたが作家としての仕事もまだほとんどなく実家にいたので、日中の付き添いはわたしの担当だった。『史上最大の作戦』を見られなかった日の数日後、父は、おまえに話しておきたいことがある、と言った。自衛隊のイラク派遣に関するおまえの考え方は間違《まちご》うてる、と父は言った。おまえはなにもわかっていない。わたしは、そうやね、と言ったが、それ以上は言葉が出てこなかった。それが、父とのはっきりと意味の取れる最後の会話だった。今晩がヤマです、と言われて入院した夜から一週間ほど経っていて、いつどうなってもおかしくなかった。入院した夜にモルヒネを増やしてから容態はよくなったが、意識が緩んだというか、ぼんやりとしていたり、子供のようにわがままを言うことが増えた。それは日に日に進んで、まともな会話ができなくなりつつあった。そんなときに、長女にどうしても伝えたかったことがそれなのか、イラクへの派遣についてちゃんと話したことはなかったのにどうせ反対だろうと決めつけて、おまえは間違っていると言い遺したいのか、と、わたしは、かなしいと虚しいとの間くらいの感情が湧いて、そう思うことが申し訳なくもあった。その後は意思の疎通ができるような会話はないまま、一週間後に父は死んだ。六十歳だった。

アメリカみたいに、と散々言っていた父は、アメリカ本土に行ったことは一度もなかったし、アメリカ人の知り合いも一人もいなかった。高校を出て就職のために大阪に移り、安い給料で働き続けて外国へ旅行する余裕などなかった。死ぬ三年くらい前に初めての海外旅行として母の店の慰安旅行でハワイに行き、蚊が全然いなかったと首を捻っていた。父のアメリカは文字や映像の向こうにあった。実際に触れることができたアメリカは、暑いのに蚊がいないという現実だった。そもそも現実のアメリカに触れたいとは思っていなかったかもしれない。

わたしもまた、アメリカの文化に影響を受けてきた。子供のころにテレビでやっていたアニメに始まって、ハリウッドの映画、独立系の映画、六〇年代のロック、そして九〇年代のオルタナティブ・ロックが自分の青春時代で、もちろん小説も。同じアメリカの文化でも、父と重なるところはほぼなかった（そう言えば、父がアメリカの音楽の話をしたことはまったくなかった）。父もわたしも好きだったのは『ダーティハリー』くらいだろうか。

わたしも、それだけアメリカ文化の影響を受けながら、二〇一二年までアメリカに来たことはなかった。アメリカは、音楽や映画や小説のことで、ほとんどフィクションだった。二〇一二年の五月にＪＦＫ空港に降りたとき、大型の黒い扇風機に埃が積もっているのを見た瞬間、それまでそこが自分が住んでいる世界とつながっていると思っていなかったことに、気づいた。

この博物館の展示について、二〇〇四年以降のアメリカについて、父に聞いてみたいことはいろいろあるが、話すことはできない。

生きていても、話したかどうか、わからない。

広大な敷地の巨大なパビリオンを行き来して、わたしはもうかなり疲れていた。博物館はまだこれからいくつものパビリオンが建設されるようだった。今でも圧倒されるほど広いのに、どれくらいの規模になるのか想像もつかない。「Beyond all boundaries」の開始時刻がようやくやってきた。「SOLOMON VICTORY THEATER」に移動して、両開きのドアを入ると、ベンチが並んだ簡素な絨毯敷きの部屋だった。人は少なく、ベンチは空いていたが、わたしはうしろの壁にもたれてべったり座り込んだ。アメリカでは地べたに座る人はけっこう見かけるので、誰もわたしのことを気に留めなかった。

照明が消え、壁に並んだ十台ほどのモニターに、トム・ハンクスが現れた。このあと始まることのガイドをしてくれているようだ。どうやら、第二次大戦をまとめた映画を観るらしい。五分ほどで導入映像が終わると、入ってきたのとはまた別の扉が開かれ、そこへ入るように案内された。

とても大きな、立派な劇場だった。扇形に配置された座席は二百以上はあった。横幅の広いステージには真っ赤な緞帳が下りている。座席はゆったりして、わたしには大きすぎるくらいだった。その豪華な劇場に、観客は二十人もいなかった。真ん中の前のほうに座ったわたしは、落ち着かないまま、開演のベルが鳴った。

暗くなった舞台の上に、スポットライトが当たった。そこに、古い大型のラジオがゆっくりとせり上ってきた。フットボールの実況中継。それが途切れ、臨時ニュースが入る。パール・ハーバー。宣戦布告。当時の実際の音声が流れる。緞帳が開き、実際の映像とコンピューター・グラフィックスを駆使した再現映像とが入り交じりつつ、アメリカ軍は南洋へと向かう。

スクリーンの右上部から、実物の三分の一くらいの大きさの戦闘機が現れる。耳が痛くなるような銃撃の音、爆撃の音、それに合わせて光が点滅し、シートは振動して揺れた。4Dシアターなのだった。リアルなCG、臨場感溢れる音や光の効果。兵士の視点でジャングルや森に入っていく。太平洋戦線とヨーロッパ戦線が交互に進む。さっき見た「Road to Tokyo」と「Road to

Berlin」を4D版ダイジェストで見ているようなものだった。ドイツの森のシーンでは雪が降り、客席には泡でできた雪が落ちてきた。生々しい人間のシーンはほとんどない。エンターテインメントの技術を駆使して作られた「戦争」のイメージ。

戦況は進み、日本への空襲が始まった。抽象的な映像だった。街ではなくなぜか天守閣のシルエットがいくつも並んで、赤く燃えあがった。その下にいるおびただしい数の人々、その一人一人の姿も生活も想像させるものはない。想像させないで、どんどん進んでいく。原子爆弾の投下がなければいいのに、とわたしは思っていた。ありませんように、このまま映像が終わりますように、と懇願するような気持ちにだんだんなっていった。だからといって、なかったことになっていたらどう感じるだろうかと思っているうちに、ドイツの降伏が報じられた。

突然、光が閃き、そこは、真っ白い光で覆われた。

静寂。それから、暗闇。

しばらくの沈黙ののち、紙吹雪が舞った。戦勝パレード。それが落ち着くと、光の中に活躍した兵士たちが年老いたシルエットで現れ、遠くで手を振っていた。

戦争は、終わった。

同じパビリオンの道路側にあるカフェは、五〇年代、古き良きアメリカのダイナーを模していた。銀色のパイプが光るテーブルと椅子。大きなジュークボックス。コカ・コーラの看板。アメリカの室内はどこも冷房が効きすぎなのはここでも同じで、すっかり冷え切ったわたしはとにかく温かいものを飲みたかったが、これもアメリカの常で苦手なコーヒーしかなく、頼むと予想通り日本だとコーラのLサイズみたいなカップで出てきて、隅のテーブルでわたしはそれを飲んだ。光ってほしくなかった。たとえ再現映像の中でも、光ってほしくなかった。博物館の中で、とても長い時間が経った気がした。

強い照り返しの熱に頭がぼんやりしたまま、路面電車の停留所に向かった。来たときとは違う場所から乗るようだったが、線路も行き先も複数だからわかりにくかった。ホームもないので路線番号の看板がある線路と線路の間の芝生に立っていると、アメリカ人らしい若い男女のグループが近づいてきた。どこかほかの街から観光に来たようだ。ストリート・カーはどこから乗るの、と女が聞いた。I don't know. とわたしはすぐに返してしまった。もっと言い方があったのに、知らないよ、みたいな響きだろうなと思う。疲れていなければ、どこから来たの、とか聞いてみたかったのに。彼らは観光地で羽目を外しているという感じで、互いに写真を撮り合ったり嬌声を上げたりしていた。十分近く待って、やっと円形交差点の向こうから車両が現れた。と思ったら、運転手は確実にわたしたちを見たはずなのに、面倒そうな顔つきで停まらずに行ってしまった。すぐそばで信号待ちをしていたトラックの運転席の窓が開き、男が、そっちじゃだめだ、こっちだよ、と指差した。どうやら、線路の反対側で待っていなければならなかったようだ。

さらに十分近くたってようやく乗れた電車で空いた席につこうとして、前のほうにマーラの金髪が見えた。わたしは隣に座った。

ハイ、マーラ、どこ行ってたの。ドイツ人で前衛的な詩を書くマーラは、お金持ちの豪華な屋敷が並ぶ地区へ行っていたと話した。おもしろかった？　まあ、そこそこ。わたしは、第二次大戦博物館に行ってた、「Road to Tokyo」と「Road to Berlin」。ああ、空港で見たよ、その看板。窓から吹き込む風で乱れるボブカットの白い髪を押さえながら、マーラは言った。そうそう、あの看板のやつ。どうだった？　うーん、とっても複雑で、言うのは難しい。わたしの声も、マーラの声も、軋む車輪と行き交う自動車と風の音にかき消されそうだった。わたしはトーキョーに住んでて、マーラはベルリンに住んでるやん？　日本もドイツもAxisやん？　うん。マーラに聞いてみたいことはたくさんあったが、マーラの英語はわたしには難しく、わたしは複雑な心境を伝える能力に乏しく、騒音はひどくなり、路面電車は大通りの停留所へ着いてしまったので、博物館についてそれ以上の話はしなかった。

わたしは、二日目の午前中に入ったギャラリーで等高線をモチーフにした作品を頼んでいてそれを送ってもらう手配をしに行かなければならなかったので、停留所でマーラと別れた。大聖堂のそばのギャラリーへ行くと、二日目に来たときにいたのと同じ愛想もセンスもよい眼鏡の若い女性が応対してくれた。本体より送料が高かったらどうしようかと身構えていたが思ったよりずいぶん安く、安堵した。わたしが帰るよりも先にそれが東京に届いていると想像すると、落ち着かない気持ちになった。ホテルまで戻る途中、レストランでコートニーが牡蠣を食べているのを見かけた。みんなけっこう一人で行動してるのやな、と思った。

ホテルから皆でバスに乗り、川に近い倉庫街の一画を改装したアート・センターに着いた。殺風景な区画の奥のそこだけは、カラフルな看板や旗や壁画で彩られ、一面がガラス張りにリノベーションされた倉庫にはインスタレーションがあり、子供や学生たちの作品が並んでいた。すぐに朗読イベントが始まるのかと思ったら、飲み物とフィンガーフードが提供され、地元の学生や教師、詩人たちとの交流の時間があった。

朗読も、地元の詩人も参加したし、一人ずつの時間も思ったより長く、ガラスの外が真っ暗になったあともまだまだ時間がかかりそうだった。わたしは、ヴァージニアとホラーツアーに申し込んでいた。朗読イベントのあとでタクシーで向かおうと、ここに着いたときにスタッフに配車を頼んでいたのだが、その時間が来てもイベントはまだ半分も終わっていなかった。

暗闇の中にヘッドライトの光が見え、近づいてきたが、建物の前に誰もいないのでゆっくりと通り過ぎてしまった。隣に座っていたヴァージニアが行こうと言って、わたしたちは外へ出た。イベントは絶対参加でもないし、来ていない作家もいたが、わたしは気が引けて、しかもガラス張りだから外へ出たわたしたちの姿はよく見えるし、と気になりながらも、「Left? Left?」とヴァージニアが言うのを聞いて、車に置いて行かれたときはそういうふうに言えばいいのやな、と学んだ。

幸い、一周して戻ってきたらしいタクシーに乗ることができ、フレンチ・クオーターの指定場所へ時刻通りに着いた。ツアーのスタートであるブードゥー・ショップの前には人が溢れていた。徒歩のツアーだからてっきり十人ぐらいかと思っていたが、どう見ても百人はいる。さらに人は増えていく。

開始時刻を過ぎてようやく現れたスタッフに二、三十人ずつに分けられた。わたしたちが振り分けられたグループのガイドは、スパニッシュ系の三十代くらいの女性だった。腰まである髪は強いウェーブでインド風のカラフルな長いスカートをはいていて、わたしが高校生のころに心斎橋あたりによくこんな感じのおねえさんがいたなあ、と親近感を持った。

団体旅行のツアー客のように、旗を持ったおねえさんについて皆は歩き出した。別のグループも、少し時間をおいて別の角を曲がっていった。五分ほど歩き、古そうなホテルの前で止まった。おねえさんが、このホテルは昔はお金持ちの邸宅で、と怪談話にふさわしく声を低くして話し始めた。話し終わると、またぞろぞろと歩いて、この建物は昔は、と始まる。横暴な主人が家族に暴力を振るい、とか、一家は次々に病気に襲われ、とか、よくある怪談やいわくつきの話が繰り返された。

歩いていると、同じツアーの別のグループや別のツアーの人たちを見かけたり、すれ違ったりした。道の向こう側にいる別のグループの怪談が聞こえてきた。そのガイドは、年取った男で、風貌も声もファンタジー映画の長老か幽霊屋敷の案内人という感じで、抑え気味だが雰囲気のある声だった。あっちのグループがよかったね、とヴァージニアが言い、わたしも同意した。わたしたちのグループのおねえさんも悪くはなかったが、離れていても響いてくる低い声のあのおじいさんについて行ってみたかった。

ある家の前では、メイドがいじめられて殺された、そのあと三度も火事に見舞われ、子供たちも死んだ、と聞いた。日本の有名なゴースト・ストーリーにもメイドの話があって、それは大事なお皿を割ってしまったから殺されて、夜な夜なお皿を数える幽霊が出てくるねん、とわたしはヴァージニアに話した。ヴァージニアはこのツアーについて、とてもいいビジネスだよね、と言っていた。街の歴史が学べるし、ゴーストやホラーは世界中どこの人も興味あるし、建物の前で話すだけだからコストもかからないし。そうやんね、大阪でもやったらいいのにって思うわ、古い建物とか歴史的な場所とかようさんあるから。

暗い町を、わたしたちはうろうろと歩いた。ずいぶんな距離を歩いたと思う。バーやライブハウスが並ぶいくつかの通りを離れると、静かだった。暗い裏通りの家は塀に囲まれ、人の気配もほとんどなかった。この建物は築二百年だとか三百年近いとか、ガイドが芝居がかった調子で説明する。家の中からは、魔女みたいな女や長老みたいな男に連れられてさまようわたしたちが見えるだろうか。死者たちの話、幽霊たちの話を、間抜けな顔で聞いているわたしたちのほうが、よほどゾンビか亡霊に見えるかもしれなかった。

途中で一度、バーで十五分ほどの休憩があった。同じグループの人たちは、混雑したバーでビールやジントニックなんかを手にし、わたしも注文しようと人垣の隙間からがんばったが、全然聞いてもらえないのであきらめた。

ツアーは再開し、また古い家の前に行って、ゴースト・ストーリーを聞く。昔から伝わっている話かもしれないし、ツアーのために作られた話かもしれない。幽霊が出るとか呪われているとか、散々言われて覗かれているその古い建物の二階や三階には人が住んでいるのか、わからなかった。向かいの建物の端、窓が開いた部屋は真っ赤に光っていて、ゴーストの空気人形が膨らんで揺れていた。

ゴールは、あの大聖堂の横だった。すぐそばの建物には、「Faulkner House Books」の看板がぶら下がっている。フォークナーがニューオーリンズにいたときからどれくらい時間が経っただろう。第一次大戦と第二次大戦のあいだのころだった。だけどそのときは「二つの大戦のあいだ」ではなかった。「第二次」がないから「第一次」でもなかった。

ガイドのおねえさんが、どうだった? 楽しんでもらえた? またニューオーリンズに来てね、と愛想よく割引券を配った。飾り格子の向こう、白い大聖堂の壁では腕を広げたキリストの影が、毎晩の務めとしてわたしたちを見下ろしていた。

ホテルに戻って、風呂に入ってから荷造りをした。ほしい土産物はたくさんあったが、三か月分の荷物を帰国するときにどうするのか考えると、ほとんどなにも買えなかった。荷物を詰め終わると、窓の外から、酔っ払いの声に混じって、ギターと歌う声が聞こえてきた。道を見下ろすと、いつもの長髪の痩せた男が、今晩のステージを始めていた。わたしはすでに、なんとなくわかっていた。あの人は、この窓から見下ろすときにだけ現れるのだと。わたしは道に降りていっしょに歌いたかったが、そうしたら彼はきっといない。わたしは、部屋で歌ってみた。彼のギターには合っていなかった。わたしが歌ったのは、この街にいるあいだ、頭の中で何度も鳴っていた曲だった。ニューオーリンズにいても。東京にいても。ニューオーリンズにいても。東京にいても。

路上では、男のそばを、骸骨柄のミニスカートワンピースを着たむっちりした女が歩いて行った。顔は、白と黒でドクロのように塗ってあった。

その一か月後にわたしは東京に帰って、二〇一七年の一月にGrant Ichikawaのことをエッセイに書いた。そのとき、家のノートパソコンから第二次大戦博物館のサイトにアクセスしてドッグタグのＩＤナンバーを入力し、博物館で見たのと同じIchikawaさんの映像を見た。そしてこれを書いている今は、二〇一八年四月。Ichikawaさんのことを検索し、二〇一七年十二月三日に亡くなったことを知った。Grant Hayao Ichikawa。九十八歳だった。

わたしを野球に連れてって

シカゴのオヘア空港に到着してすぐに、とにかくなにか食べようと、わたしとジャニンとウラディミルとユシは乗り継ぐターミナルで目についたレストランに入った。

朝、アイオワ・ハウス・ホテルを出発し、シーダーラピッズ空港の入口で大学院生やスタッフたちと名残惜しく別れたのに、出発ゲートで延々待たされ、四時間近く遅れた飛行機に乗って着いたこのときにはもう午後四時を過ぎていた。ガラス越しに見える街は雨だった。九月に皆でシカゴへ旅行したがそのときはバスだったし、街の中心部の建物が見えるわけでもないので、ここがあの街だという実感はなかった。

ワシントンDCへ向かう便は二時間遅れるとすでに知らされていた。航空機の遅延には慣れてしまったが、疲れないわけではなかった。作家たちはこの数日、部屋を片付けて荷造りしてスーツケースのうち一つは最終目的地のニューヨークへ向けて別便で送り、アイオワで知り合った人たちと別れの挨拶をしに回り、すでにかなり疲れていた。ワシントンDCに三泊とニューヨークに二泊、これが皆での最後の旅だった。

レストランは、とても混雑していて、狭いテーブルを囲む高いスツールに身を寄せ合うようにして座り、ハンバーガーかなんかを食べた。やっとここまで来たねー、ワシントンDCに着いたらなにを食べに行く？　などとこのときはまだそんな余裕もあった。

　搭乗ゲートへ戻ると、食事をして戻ってきた作家たちがソファや床に座り込んでいた。わたしたちの乗る便は、さらに一時間遅れるとアナウンスがあったらしい。ソファの上部や柱にある電源からは何本もの充電用コードが伸びていた。スマートフォンやノートパソコンで、ＳＮＳを見たり仕事をしている人もいた。空港で必要なのはとにかく電源だ。そしてWi-Fi。空港のWi-Fiサービスはうまくつながらず、絶望的な表情の作家もいた。それでわたしは、わたしのiPhoneはつなげられるよ、とそばにいたタティアナやガリートに伝えた。わたしのiPhone 6 Plusのソフトバンクの契約は「アメリカ放題」のうえに、テザリング機能も無料だったのだ。順に接続して無事に必要な連絡を取ることができた作家たちからは、申し訳なくなるくらい感謝された。ガリートは、ノートパソコンを開いて家族の写真を見せてくれた。夫はガーデナーだとガリートは言った。とても素敵な人だ、destinyだと話すガリートは、早く家族に会いたそうだった。

　そうしている間にも、飛行機の出発時刻の表示はさらに一時間後へと変わっていた。落胆の声があがり、食べ物を調達しに立ったり、とにかくどこかへ歩きにいったりする作家もいた。

　わたしはヴァージニアと売店などを見に行くことにした。ガラスの外は、日が暮れて冷たい雨の粒が照明の光の中を落ちていた。空港は、どれくらい広いのか見当もつかない。遅延に次ぐ遅延で人の流れが滞っているせいか、店もゲートも人で溢れていたし、通路も混雑していた。売店の本コーナーを覗いてみると、ベストセラーや実用書ばかりが並んでいて、知っている作家の名前はほとんどなかった。目立つところに旭日旗にキノコ雲がデザインされたなんとも言い難い表紙のビル・オライリーの『Killing the Rising Sun』が置かれていて、プロフィールを見てみると『Killing Kennedy』『Killing Jesus』とKilling シリーズが並んでいたので、殺してばっかりだね、と二人で笑った。kill って日本語でなんて言うの、とヴァージニアが聞いたので、殺す、と教えたら、「コ、ロ、スー、コ、ロ、スー」と練習していた。

通路の途中に、靴磨き用の椅子があった。かなり段差のある階段状の台の上に、大きな四角い椅子が二つ並んでいる。木製で角張った背と肘掛けに革張りシートのその椅子は、立派な年代物で、近代的な空港ターミナルには不似合いだった。誰か靴磨いてもらったら、と別の作家とも通るたびに言ったが、まるで王と王妃の座のような目立つそこに座る勇気のある人は誰もいないようで、何度前を通っても空座のままだった。

バーの前には、人だかりがしていた。店内にある二つのテレビを、なんとか見ようとしている。わたしは人の隙間からそこに映っているものを確かめた。

野球。ワールドシリーズ。

えっ、とわたしは小さく驚いた。まだやってるの？　何戦目？

シカゴ・カブスが、七十一年ぶりにリーグ優勝し、ワールドシリーズを戦っていることは知っていた。長年優勝から遠ざかっていたのは七十一年前のワールドシリーズでヤギを連れた熱烈なファンの入場を拒んだことによる呪いだと言われていることも、二〇一五年にそのヤギと同じ名前の相手チーム選手の活躍でリーグ優勝を逃したときに知った。大阪で育ったわたしには野球は天気と同じくらい日常生活になじんだ話題だったので、テレビのニュース番組で野球をやっているとつい気になっていた。

　アイオワには、メジャーなプロスポーツのチームはない。大学のフットボールチームが地元のスターだ。大学のスタジアムは七万人も収容できる。シーダーラピッズの高校に行ったときにそばの家にカブスの旗が立っていたのを見かけた程度で、最寄りの大都会であるシカゴのチームだがワールドシリーズ進出に盛り上がっている気配はなかった。

　前の土曜日にジョージズ・バーに行ったとき、店の奥のテレビで第四戦の中継が映っていたが、ほとんどの客は気に留めていなかった（『フィールド・オブ・ドリームス』の地元なのに！）。わたしは思わず、テレビのすぐ前、カウンターの端に座っていた中年男性に話しかけた。ワールドシリーズでしょう、シカゴ・カブスが何十年ぶりで出場したんでしょう？　そうだね、と振り向いた彼は愛想よく答えてくれたが、だけど野球はよく知らないんだ、日本では人気あるんだってね、と試合経過もよくわかっていないようだった。

　その試合は負けて、カブスの一勝三敗。もうあとがなく、次の日のニュースにはやっぱりヤギの呪いが、との見出しが出ていた。そのあとは荷造りや行事などで忙しく、結果を確認していなかった。今日は水曜日。あのあと勝ち続けてたってこと？　慌ててスマートフォンで検索してみると、三勝三敗に持ち込んで、今晩が最後の決戦なのだった。

　今日はどこのチーム？　とヴァージニアに聞かれて、わたしが土曜日にジョージズ・バーで見たのと同じシカゴ・カブスとクリーブランド・インディアンスだと答えたら、なんで？　と不思議そうだった。二つあるリーグからそれぞれの優勝者が最後にアメリカ一を決めるシリーズで、先に四勝したほうが優勝で……、と簡単に説明したが、香港には地域別のリーグスポーツはなさそうだし、あまり伝わらなかった。ヤギの呪いの話は面白がってくれた。

シカゴで、シカゴ・カブスの一〇八年ぶりの優勝がかかった試合を中継している。わたしはにわかに気持ちが高揚し、誰かにそのことを伝えたくて仕方なかった。出発ゲートに戻ると、皆の疲労は加速度的に増していた。その状況で、ベースボールがね、シカゴ・カブスがね、今、すごい試合をやってるねんけど、と言っても興味を持ってくれる人はいなかった。そもそも、野球を知っている人自体、ほぼいない。野球をやってる国、と考えをめぐらし、台湾のコウファアに聞いてみたが興味なくてよくわからない、韓国のチェウォンはかろうじて、自分はそんなに詳しくないが韓国にも長年優勝してないチームがあって、と話してくれた。岡田利規さんの『God Bless Baseball』にそんな話が出てきたような気もする。プロ野球を通じて、日本、韓国、台湾とアメリカとの関係を描く作品だった。野球が盛んな国は背景にアメリカとの歴史的な経緯がある。二〇一五年に台湾に行って、故宮博物院の前にある順益台湾原住民博物館で台湾の原住民の歴史を紹介するアニメーションを見て、ラストが原住民族出身のメジャーリーガーの活躍だったときも、『God Bless Baseball』を思い出した。

iPhoneで検索し、参加作家の国の中ではベネズエラもプロ野球があることに気づいた。そうやん、ラミレスやん、ペタジーニやん、カブレラやん！　しかし、ベネズエラのカルロスとヘンズリーは別の街でのイベントに参加していてここにはいないのだった。翌朝、ワシントンＤＣのホテルで再会した彼らに野球のことを聞いてみたら、日本のプロ野球から帰ってきてサムライって呼ばれてる選手がいる、ベネズエラで野球が盛んなのはアメリカから採掘に来ていた石油会社の従業員たちがやりはじめたから、と教えてくれた。物事のアメリカとの関係性と、なんでもアメリカに結びつけて安易に納得してしまいそうになることと、アメリカのローカルの文化をおもしろいと思うこと。アメリカに滞在中は、いつもそれを考え、そのあいだを行ったり来たりしていた。

iPhoneでときどき試合経過を検索してみる。カブスがリードを保っていることに安堵する。しかし、わたしもほかの皆も、疲労と空腹が増すばかりだった。レストランもだんだん店じまいし始めた。乗るはずの飛行機は、一時間、また一時間と出発時刻の変更を繰り返し、新しい時刻が表示されても誰も信じなくなっていた。

エロスが、マクドナルドで買って来たビッグマックを分けてくれた。座る場所がないので立っていた充電コーナーで食べたハンバーガーは、よく知っているピクルスの味がして、生き返るようだった。これはわたしの人生の中でいちばんおいしいビッグマックだ、とエロスに何度もお礼を言った。

やっと出発が、本当に決まった。ゲートが別のところに変わり、広い空港を移動することになった。力ない歓声と共に荷物を抱えて歩き出したそのとき、突然、音の悪いアナウンスがなにか言い、大音量で音楽が流れ始めた。

空港中に響き渡った、その歌。なんの歌か、わたしはわかった。

Take me out to the ball game,
Take me out with the crowd.

「わたしを野球に連れてって」。メジャーリーグで七回表が終わったときに、みんなで歌うあの歌。

Let me root, root, root for the home team,
If they don't win, it's a shame.
For it's one, two, three strikes, you're out,
At the old ball game.

こんな幸福な時間に居合わせることができるなんて。シカゴで、シカゴのチームが、一〇八年ぶりにワールドシリーズで優勝しようとしているその試合の、カブスがリードしている七回の、その特別な「わたしを野球に連れてって」が、空港中に流れている！
わたしの頭の中では二回だけ行ったことがある甲子園の七回のカラフルなジェット風船が飛び交って、今わたしはどれだけハッピーかと一人興奮してしゃべっていたが、疲れ切った作家たちは同情するように微笑んでくれた。

ようやく乗り込んだ機内は、何時間もの遅延によってわたしたち以外の乗客もぐったりしていた。通路を挟んで少し前方に座っている乗客が、ノートパソコンを開いて試合経過をチェックしていた。もう午後十時を過ぎていたので、離陸して間もなく機内の灯りは消えた。

眠れずにいると、機長が、クリーブランド・インディアンスが三点を入れ同点に追いついた、と告げた。

そして、六対六のまま延長戦に突入、とアナウンス。

ヤギの呪いが、と悪い結果が胸をよぎる。経過を知りたいが、インターネットは見られない。暗闇に、時間が流れた。そして、機長の声。

十回表、カブスが二得点。

小さな歓声がいくつかあがる。それからまた静寂に戻る。

十回裏、インディアンスが一点を返す。

息をひそめて、次のお告げを待つ。飛行機はシカゴから離れ、ワシントンＤＣが迫っている。

ようやく、待ち望んでいた機長のアナウンスが控えめに響いた。

Congratulations!

拍手が沸き起こった。少し疲れた拍手だった。もう夜中の十二時を過ぎていた。四時間二十八分の長い試合は終わり、わたしたちは予定から十時間以上遅れて、アメリカの首都に降りた。

バスの窓から、夜の街を眺めた。人も車も、ほとんどいない。省庁やホテルの大きな石造りの建物ばかりが並んで、そっけなく静かだった。

だだっ広い道路の向こうに、白い尖塔が見えた。想像していたよりもずっと巨大なそれは、暗闇に刺さるように白く発光し、幻のようだった。

生存者たちと死者たちの名前

ホテルを出て二ブロック先を左に曲がり、南へ二ブロック歩くと大統領も食事に来るというパンケーキのおいしいレストランがあり、その西側にはホワイトハウスがあった。

手前にある壁のような建物に阻まれて、ホワイトハウスは見えなかった。少し先の門の前に観光客の行列ができている。中に入るには予約が必要で、手荷物は厳しく制限されている。だから、わたしは結局ホワイトハウスを目にすることはなかった。そばの公園に並ぶ土産物の出店で、オバマ夫妻の写真が全面に印刷された特大サイズのショッピングバッグを帰りがけに買っただけだ。

ワシントンDCは、とにかく道幅が広かった。歩道も車道もとても広いので、ワンブロックが長い。建物も石造りの古い大きなものばかりだった。だから、地図では近いように見えるが、歩くとかなりの距離があった。

三百メートルは続く巨大な建物を見上げて、幕末や明治のころにここを訪れた日本の人はどれほど驚いただろうかと思いながら進むと、さらに巨大なワシントン記念塔が見えてくる。

それは想像していたのの三倍は高かった。根元のところで翻っている何本もの星条旗がとても小さく見えた。そこを中心に東西に広がる公園の東側に、スミソニアン博物館はあった。

スミソニアン博物館、と聞いてまず思い浮かべるのは、航空宇宙博物館だが、それはスミソニアン博物館のうちの一館に過ぎない。いくつもの大規模な博物館が、広大な公園に建ち並んでいる。前日に自然史博物館とアメリカ・インディアン博物館を訪れ、今日も午後には航空宇宙博物館とほかにもどこか回ろうと考えていた。その前に。

とてもいい天気だった。

オープンしたばかりのアフリカン・アメリカン博物館を通り過ぎ、わたしが向かっていたのは公園を横切った先にあるホロコースト記念博物館だった。この博物館はスミソニアンの一部ではないが、アメリカの国立だった。

建物の正面には「NEVER AGAIN」と書かれた大きな垂れ幕が掛かっていた。

入ってすぐ、展示場へ向かうエレベーターの前で、棚に置いてあるリーフレットを一枚取ってください、と係員に言われた。籠に積まれていた中から、いちばん上のを取った。パスポートくらいの大きさで、パスポートの表紙みたいなエンブレムが印刷されている。「IDENTIFICATION CARD」と書いてあって、白い紙で、八ページほどだ。開くと、モノクロで女性の顔写真。「Hinda Chiliewicz」と名前があった。

アメリカ滞在中に訪れた場所で、誰かのＩＤカードを渡されるのは、これが四度目だった。最初はニューオーリンズからオプショナルツアーで行ったホイットニー・プランテーションだった。大規模なサトウキビ農園の一つだった場所で、二〇一四年に奴隷制度に焦点を当ててオープンしたばかりだった。

ビジターセンターは平屋で、飲み物とおみやげのポストカードや雑貨と、本やＤＶＤなどを売っていた。そこで、インストラクターの女性から、一人一枚ずつ、カードを渡された。首からかける紐がついたそれは、入場者を示すだけのものかと思ったが、よく見てみると、子供を模したブロンズ彫刻の写真があり、名前と年齢が書いてある。

「MARY ANN JOHN AGE 85」。わたしは一日も学校に行ったことがなく、と彼女の言葉が続くが、南部の言葉なのか俗語なのか、そのあとは正確な意味がわからなかった。

そのあと、ビジターセンターのすぐ裏手にある教会でビデオを観た。白い木造の、神戸のうろこの家に似た壁の小さな教会には、彫刻の子供が何人もいた。大きさも顔も、その子供たちが本当にここで遊んでいるようなリアルな造形で、しかし、ブロンズだから表情が消えたように感じられた。

ほかの作家たちがぶら下げている入場カードを見ると、何種類かあった。男の子も、女の子も。ここか、ほかの農園で働いていた子供たち。子供だった人たち。名前と年齢と証言と。わたしのカードの「MARY」の彫刻は、きっと、この教会か、農園の中のどこかにいる。農園で働いていた誰かの名前とともに、わたしたちは歩き、インストラクターの話を聞いた。

教会を出て歩くと、黒い壁のような石碑がいくつも並んでいた。そこには名前が刻まれていた。歩いても歩いても、ひたすら名前が並ぶ。何千人の名前があるのか。ところどころに、当時の様子を表した絵や写真と、誰かの証言が彫り込まれていた。

その翌日に行った第二次世界大戦博物館では、二つのＩＤカードを受け取った。

最初は、入館証。プラスチックのカードにはドッグタグのイラストとIDナンバーが印刷されていた。展示の最初にある、兵士たちが出征する列車を模した客車の座席で番号と自分の名前を入力すると、Grant Ichikawa という若い日系人青年が表示され、そのあと彼の第二次大戦での足跡とともに展示を回るようになっていた。日本に戻ってからも、博物館のサイトにアクセスしてドッグタグのIDナンバーを入れると、Grant Ichikawa を紹介する映像を見ることができた。

次に、オプションで入った「Final Mission」という潜水艦型のアトラクション（アトラクション、という呼び名は内容を考えると適切ではない気がするが、形態としてはそうとしか言いようがない）。入口で渡された紙製のカードには、白黒で若い兵士の顔写真があった。免許証みたいに年齢や出身地も書かれていた。

「Final Mission」は潜水艦が夜の海で日本の軍艦と交戦中に自らが発射した魚雷によって沈んでしまうまでを体験するものだった。まさかアメリカ側、自分たちが乗った潜水艦が沈むとはまったく予想していなかったわたしは、天井部分に映し出された波と泡と、たった九人しか生き残ることができなかった、という文字を見て茫然となった。

明るい外へ出て、手に持ったままだったカードを見直した。「CLAYTON O. DECKER」。デンバーの二十五歳。彼が生き残ったのか潜水艦とともに沈んだのかは、わからなかった。

そして、ホロコースト記念博物館でわたしが手に取ったIDカード。「Hinda Chiliewicz」。一九二六年四月四日、ポーランドの Sosnowiec 生まれ。三人きょうだいのいちばん上。お父さんは布地の商人だった。一九四三年にアウシュヴィッツの一部となる Gleiwitz の収容所に移され、一九四五年五月にソ連軍によって解放された。Sosnowiec に戻って、一九四四年三月に弟が十七歳で死んだことを知った。ほかの家族も皆アウシュヴィッツで死んだ。収容所で知り合ったWelek と再会し、一九四七年に結婚した。

わたしは、彼女のＩＤとともに、展示をゆっくり見て回った。ナチスが台頭してきた経緯、アーリア人が最も優れていると証明するための研究の資料、髪や瞳の色や鼻の高さを測る道具、クリスタルナハトのときに傷つけられたドア。障害者の計画的な殺害が始まり、そしてユダヤ人の強制移動、収容。収容所に残された大量の遺品。解放されたときの映像の中の生きているのが信じられないほど痩せた人たち、同じくらい痩せた大勢の遺体……。

展示の途中に、白黒の写真に囲まれた場所があった。吹き抜けの高い天井近くまで、おそらくは千以上の写真がびっしり並んでいる。収容所へ送られる前の、彼らの写真。長い髭を蓄えた男性の肖像写真。家族の記念写真。どこかへ出かけた先での子供を囲んだ写真。確かにあった、一人一人の生と、一人一人の暮らし。すべてが失われた。

手に取ったＩＤカードには、「This card is #8081」と書いてある。ほかに何人のカードがあったのだろう。ほかの人たちも生存者だったのだろうか。死者だったのだろうか。

わたしが受け取ったＩＤは、Hinda のだった。Mary のだった。Grant のだった。Clayton のだった。アメリカで、わたしは四人の生を、ほんの少しだけ、確かに知った。

生存者たちと、その傍らにいた多くの死者たち。

ホロコースト記念博物館を出ようとして、回転ドアの横に写真が掲げられているのに気づいた。

黒人の男性の写真。真っ白いシャツを着て、微笑んでいる。「Stephen Tyrone Johns」、一九六九年生まれ。この博物館の警備員をしていて、二〇〇九年六月十日に白人至上主義者に撃たれて死んだ、と書いてあった。

博物館の入口には、わたしが入ったときよりも多くの人が並んでいた。

言葉、音楽、言葉

朝ごはんの部屋に行くのは、だいたい午前八時半ごろだった。エレベーターの扉が開いたところで、誰かと顔を合わせることが多かった。Hi, how are you? とわたしが言って、

「Fine, thank you」

と、教科書みたいな答えをいつも返すのは、オディだった。今どき「I'm fine」なんて返さないのだと、アメリカに来る前も来てからも何度も検索している英会話関連のいくつものサイトに書いてあるが、オディだけじゃなくてアメリカの人もfineと言うのを聞いたことはあった。ほかには、great、wonderful、feeling so goodとか、もっとこなれた、気の利いた感じのする返答が多かった。わたしはなぜか、goodといつも反射的に返してしまって、間違っているわけではないが、物足りないような、垢抜けないような気が、答える度にしていた。

朝ごはんの部屋は、二階の角の小さな部屋で、開いている午前六時半から九時半（土日は三十分遅くなる）の間は、そこにあるものを食べてもいい、ということになっていた。コーヒーとオレンジジュースのベンダーがあり、リプトンのティーバッグが何種類かあり、冷蔵庫には二個入りのゆで卵とヨーグルト。その隣にバナナとりんご、チョコチップやバナナ入りのものすごく甘

いマフィン。ベーグルと四角く薄い食パンは、トースターで焼くことができた。シリアルは、ガムやおもちゃの販売機みたいな透明のベンダーに入って並んでいた。

学生のアルバイトが一人いて、冷蔵庫やパントリーから補充をする。円いテーブルが六つあり、それぞれに椅子が三つか四つ。顔を合わせる作家は、だいたい決まっていた。コウフア、カルロス、シェナズ、アマナ、ワシ、タティアナ……。それから、ホテルに泊まっている他の客たちもいた。たいていは、大学での研修や学会に来た人たちだったが、シアターに公演を観に行った劇団の人に翌朝会ったこともあるし、シリアのドキュメンタリー映画の上映の翌日はその取材をしたジャーナリストのジャニーン・ディ・ジョヴァンニさんがいた。日本語を話す大学院生らしき男性が二人、四、五日いたことがあったが、わたしは結局話しかけなかった。

わたしが部屋を出る頃に、ウカがやってくる。ウカは、ハイ、トモカ、と陽気に笑って大きな体でいつもハグしてくれた。コーヒーやバナナだけを取って、部屋に戻って食べる人もけっこういた。わたしも、滞在期間の最後のほうになってようやくインスタント・オートミールのおいしさに気づいて、その小さな袋を持って帰って部屋でおやつにしていた。

毎朝、今日は誰に声をかけようか、なにを話そうか、と頭の中でいくつか英文を反芻しながら向かうのだが、当然思ったとおりにはならなかった。

よく話したのは、コウフアとカルロスだった。カルロスは、初日にエレベーターで乗り合わせたり翌日ハンバーガーを食べに行った店でも向かいに座ったり、なんとなく縁があったし、スペイン語と日本語は発音がそんなに遠くないせいか、彼の英語は聞きやすかった。アメリカに来る前から、ベネズエラの政治状況が良くないという情報を見かけることがあったので、どういう状態なのかと、わたしは何度か尋ね、部屋に戻ってインターネットで検索して確認した。カルロス一人の話から判断できるわけではないのはわかっていたが、ベネズエラのことを書いている日本語や英語のサイトについて、これは信頼できる情報かとiPhoneの画面を見せて確かめたりもした。それまでは、アメリカの同時多発テロやアフガニスタンに対する戦争のころ、反米的な空気が強くなった時期に、チャベスの政策や言動が好意的に取り上げられている報道くらいしか読んだことがなかったので、カルロスに聞くベネズエラの状況は、自分のそれまでのイメージと相当なギャップがあった。

コウフアは、プログラム参加前にその詩を日本語訳で読むことができた唯一の作家で、持参した『春の庭』の台湾版を読んでもらったり、互いの国の文化をある程度知っていたりで、学生新聞のインタビューのときもずいぶん助けてもらった。紙ナプキンに漢字を書いて説明することもあった。

シェナズは、土曜日にダウンタウンで開かれるファーマーズ・マーケットに毎週行って、いつも花を買ってきていた。そこで買ったジャムや蜂蜜をテーブルに並べていて、これはなに？と尋ねたら味見をさせてくれた。

冷蔵庫に入っているゆで卵は、皮が剝いてあるのが二つずつ、透明のプラスチックパックに入っていて、全然おいしくなかった。偽物の卵だとかわたしたちは言っていた。あるとき、同じテーブルだったバングラディシュの小説家のワシが、わたしがめずらしくゆで卵を食べようとしていたのを見て、こうすればいい、と実演してくれた。ゆで卵を入れた紙コップにコーヒーベンダーからお湯を注ぎ、しばらく置いてからお湯を捨て、もう一度熱いお湯を注いだ。ほら、これで、なんとか食べられる。

わたしが食べるものは、ほぼ決まっていた。ベーグルをトーストして、クリームチーズかピーナツバターを塗る。それにイングリッシュブレックファーストかアールグレイ。

新聞が二種類置いてあって、テレビはNBCやCNNのニュース番組が映っていた。

ニューヨークで、カルロスの従姉妹が最後のパーティーに来ていて、わたしが「カルロスの朝ごはん友達です」と自己紹介すると、カルロスが「朝が遅いチーム」と言って、そのとき初めて、会わなかった作家たちはもっと早起きだったのだと気づいた。

道端に置かれたピアノを最初に見たのは、ハイ・グラウンド・カフェに最初に行ったときだった。いや、もしかしたら、到着した翌日のオリエンテーション・ツアーのときにはもう見つけていたかもしれない。

茶色い木製のピアノで、ハイ・グラウンド・カフェのものなのか、そうでないのか、わからなかった。何度か、弾いている人を見かけた。歩道が広いのは、アメリカのどの街を歩いても思うことだった。露店が出ていてもまだじゅうぶん余裕がある。道が馬車に合わせたサイズで作られたから広いんだったたっけ、と大学の地理の授業を思い出しながら、そのゆったり歩ける歩道の、こうしてピアノが置いてあってもまったく邪魔にならず、そこに座っても、そして弾いても歌ってもいい自由というか余地を羨ましく思った。

ハイ・グラウンド・カフェに最初に行ったのは、大学院生のローレルさんと朗読する短編について打ち合わせをしたときだった。天井の高い空間も、マックブックを開いて勉強している学生たちも、大きなガラス窓から通りが眺められるのも、とても心地よい店で、こんなところで学生生活が送れたらどんなにいいだろうとそこにいるあいだ中思っていた。

わからない曲もあったが、知っている曲がかかっていることも多かった。英語のヒット曲。わたしがよく知っている好きな曲は、今の学生からしたら「昔の曲」のように思うだろうが、けっこうかかった。ザ・ヴァーヴの「ビター・スウィート・シンフォニー」を聞いたことは覚えている。だけど、六〇年代や七〇年代の曲はかかっていなかった気がする。

ガラス越しに、道のピアノが見えた。子供たちが遊んでいることもあったし、年配の男性が一人で弾いていることもあった。雨があまり降らないから外に置きっぱなしでもだいじょうぶなんかな、と眺めながら思っていた。

朗読の練習用にケンダルさんに読んでもらってiPadに録音したのも、そのピアノの前のベンチだった。


部屋に戻ると、マリアノの部屋から音楽が聞こえた。マリアノが部屋にいるときは、寝ているとき以外、常になにか音楽が鳴っていた。繰り返しかかる曲は、壁を通して低音に編曲されたまま、覚えてしまった。社会保険事務所の行き帰りの車で隣になったとき、The fin. という日本のバンドとフェイスブックを通じてやりとりがあると、マリアノは言った。へー、と言ってわたしは部屋に戻ってからそのバンドのサイトで動画をいくつか見た。アルゼンチンの音楽、といってもタンゴしか思い浮かばず、わたしの好きな日本のミュージシャンがカブサッキという人と共演してた、と言ったら、知ってる、ちょっと上の世代だね、とマリアノは言った。

音楽が常に大音量でかかっていたのはクリスティンの部屋もそうだった。一度なにかを持っていったときに部屋に入ったら、大音量で音楽を流して、さらにヘッドフォンで別の音楽を聴いていて、こうしないと書けないんだよね、集中できない、とクリスティンは笑い、書くときはむしろ無音がいいわたしはとても驚いた。ヒップホップやR&B系の知らない曲だったが、わたしが知らない最近の曲なのか、エチオピアの曲なのかそれともクリスティンが留学していたフランスの曲なのか、わからなかった。エチオピアでは「シオタ」という名前の、母親が日本人のミュージシャンが活躍している、とクリスティンは教えてくれた。

コモンルームでも、よく音楽が流れていた。

誰かのスマートフォンがスピーカーにつないであって、マドンナやシンディ・ローパー、アバやマイケル・ジャクソン、ニルヴァーナ……。二十五歳から六十代までいる（コモンルームで騒いでいるのは四十代以下がほとんどだったが）わたしたちに共通してわかる、世界的なヒット曲が多かったが、それがそのスマートフォンの持ち主の趣味なのか、そういう曲を選んでかけているのかはわからなかった。英語圏のポピュラー・ソング、ヒット曲は世界中の人が知っていて、こうして共通の言語のように機能することに、それが当然のことのように皆が歌っていることに、わたしは感心するような圧倒されるような気持ちでいた。

　まだプログラムが始まって間もない八月の終わりごろ、なにかイベントがあったあとにコモンルームに集まろうということになって、いったん部屋に戻ってから二階に降りて、もうすでに盛り上がっていたそこでスピーカーから聞こえてきた曲は、「ハレルヤ」だった。ジェフ・バックリィの。とても好きな曲だったので、わたしは急に涙ぐみそうになり、誰の持ち物かわからないがそれをダウンロードしていた作家に感謝したくなった。

　いつからか、そこにギターが置かれていて、誰かが弾きながら歌うこともよくあった。ギターを弾いたのは、ガリート、ヘンズリー、カルロス、ヤロスラヴァ、ルゴディール、ココ。ヘンズリーは、詩人で小説も書くが、バンドもやっていたようだった。プレゼンテーションのときに、そのミュージック・ビデオを見せてもらった。どれくらい前のものなのかわからなかったが、青い空やビーチやハイウェイを走る車が陽気な歌声に合わせて現れるその映像を見ていると、ベネズエラは何年か前までは豊かで平和な国やってんな、とわたしはカルロスの話や検索した情報から得た現状との違いを思わずにはいられなかった。

　ヘンズリーは、長い黒髪に白い麻のスーツを着こなし、いかにもラテン系の色男という風貌で、ハンサムだとかいつも違う女の子を連れているとかよくからかわれていた。最初のピクニックに行く車で、日本のドキュメンタリーを見たよ、ヒキコモリの、と話しかけられたことがあった。日本では一度失敗すると社会的にも精神的にも立ち直るのが難しくて、家から出なくなって何年も誰ともしゃべらなくて、などと説明したが、ヘンズリーは、なぜ？　を繰り返した。うん、へンズリーには想像しにくいやろなあ、と思いつつ、ほかの作家たちからの日本についての疑問に答えているとと自分がいちばんわからなくなっていくのも確かだった。彼は、数年前からカラカスではなくベルリンに住んでいた。確か両親のどちらかがドイツ出身だと言っていた。ベルリンはアーティストには暮らしやすいとか寒いけどイベントもたくさんあるとか、でも英語もドイツ語も得意じゃないし知り合いも少ないから孤独だ（isolated と言った）、ベネズエラのビーチが恋しいというような話を、アイオワにいる間に聞いた。ヘンズリーがベルリンに住んでいる理由は聞かなかったが、日本に戻ってから加速度的に悪化していくベネズエラの情勢を見ていると、もしかしたら戻れないのかもしれないな、と思ってしまう。

ハイ・グラウンド・カフェで朗読の練習をしたあと、裏の駐車場にケンダルさんの奥さんが車で迎えに来た。ホテルまで、送ってもらうことになり、助手席に座ると、後部座席に座っていた小さな男の子が、

「あたらしいおともだち！」

と、はっきりした日本語で言った。ケンダルさんの長男の薫くんは三歳で、この春までは日本で育ったのでまだあまり英語は話せないということだった。今までの経験からよくしゃべるのは女の子というイメージがあったので、薫くんが保育園でのできごとをたくさん話してくれることにわたしは少し驚いた。

「ともかさん」

薫くんは、わたしの名前もすぐに覚えて、「あたらしいおともだち」と、ずっと呼んでくれた。
八月の終わりに、東アジア系の先生や学生たちのパーティーに参加したときも、日本から移ってきたばかりの子供がいた。公園の池のほとりで行われたその集まりで（アイオワシティには公園もたくさんあったし、屋外でパーティーができる場所もたくさんあった）、中国の歴史を研究しているというアメリカ人男性が連れてきていた五歳の女の子で、母親の実家のある日本で育ったらしかった。英語がわからず、慣れない環境のうえに、見知らぬ大人ばかりの会場に連れてこられて、その女の子は最初は不機嫌と不安とが入り交じった目をしてお父さんにくっついていたが、そのうちに、誰か別の先生が連れていた同年代の女の子と遊び始めた。その同年代の子は、英語しか話せないようだったが、少し離れた芝生や遊具のところで、二人でパーティーが終わるまでずっといっしょにいた。言葉が通じなくてどんなふうに遊んでいるんだろう、と彼女たちの年頃に外国人や外国語を話す人と接する機会のなかったわたしは気になって、ときどき見ていたが、離れていたから、彼女たちがどんな言葉を発しているのか、それとも別の方法でコミュニケーションをとっているのかわからなかった。言葉の通じる大人の誰かより言葉は通じなくても同じ年頃の子のほうがいっしょにいて楽しいのだろうか、とも思った。

かおる、という名前を、ヴァージニアは発音しにくそうだった。とても流暢な英語を話すヴァージニアが、わたしにとってはごくシンプルなその三文字を、何度か言ってみては、首を傾げていた。わたしがときどき説明する日本語も、漢字で書くと意味はすぐ通じるのだが、発音するのは難しそうだった。

九月の半ば、ヴァージニアは、二階の洗濯機部屋の向かいの自室からいちばん離れた三階の果てのわたしの部屋まで、自分の短編小説の英訳を五つまとめた小冊子を持ってきてくれた。

そのときに、参加作家のプロフィールサイトにサンプルとして載っているわたしの短編（「ここで、ここで」）と、トランスレーション・ワークショップの課題としてメールで送った短編（「ほんの、ちいさな場所で」）の冒頭を読んだ、と感想を話してくれた。

「ここで、ここで」については、一つ質問があると言って、母親が子供に「洗濯物干しといて」と書き置きしていく場面があり、日本のほかの小説でもそのような場面を読んだことがあるが、日本では母親が子供にこのようなことを頼むことはよくあるのか、と言った。わたしは、よくある、と答えた。香港では子供には受験勉強をさせるのに熱心で、家事を頼むことはまずない、と言っていた（日本ではよくある、と答えたものの、娘には頼むが息子にはあまり頼まないという不均衡に気づき、数日後にヴァージニアに説明した。ヴァージニアは、アイオワを離れる直前に香港の新聞の記事にするからとわたしにロング・インタビューをしてくれて、そのときに、トモカはなぜ delay なのか、と聞かれた。何時間か何日か経ってから、このあいだ言ったことについてだけど、と遅れて答える、と。英語を理解していないから、というのもあるが、わたしは日本で日本語で話していても delay だ。そのことは、わたしが小説を書くようになったこととても深く関係していると、わたしは思った）。

それから、「ほんの、ちいさな場所で」の語り手は、少年か少女か、とヴァージニアに聞かれた。そうか、日本語だと「わたし」という一人称の語りで、高校生だから、たいていは女子生徒を連想するが、「I」になると性別がはっきりわかるのはだいぶ後になる。英訳するときは、最初の部分に性別を示す情報をなにか入れたほうがいいのかもしれない、と、ローレルさんから送ってもらった英訳を繰り返し読んだ。

金曜の午後、トランスレーション・ワークショップがあるのは、シャンバウ・ハウスの二階の、暖炉のある部屋だった。インターナショナル・ライティング・プログラムの図書室になっている部屋で、壁一面の本棚には歴代の参加作家の本が並んでいた。

細長い部屋の前方に置かれた大きなテーブルをナターシャと学生たちと、その日の題材になる作品の作家が囲み、後方の暖炉側に並べられた椅子に見学者である作家たちが座った。椅子は、豪華なビロード張りの、大きさや形はばらばらのものだった。このクラスに参加する作家は多いときで十人ほど、少ないと五人くらいだった。わたしも行ったり行かなかったりした。あるとき、後列の大きな背もたれのある椅子でメモを取っていると、前にいたココが振り返って囁いた。

「眠りたいから、替わって」

その前にある市民図書館でのパネルではピザとレモネードが食べ放題飲み放題で、この時間はどうしても眠くなるのだった。いいよ、と席を替わると、ココはほんとうにすぐに眠ってしまった。

ある週、短編小説がその日の課題になっていたガリートが話していた。

「ここにいると、朝から、グレイト！　パーフェクト！　なんて言う。わたしは普段はそんなこと言わないのに、ここでは陽気な人間になったみたい」

プログラムが始まって二日目に、銀行にカードを作りにいったときも、ここに名前を書いて、そう、グレイト！　こっちには日付けを、パーフェクト！　とただ名前と数字を書いただけでほんとうにそう言われ、大げさだと笑いそうになりつつも、英語での生活に苦労している自分にとってはそれはとても励まされるものでもあった。

そうか、みんなもあの挨拶、気になってたんや、と、授業が終わったあと、わたしはヴァージニアに言った。トランスレーション・ワークショップと朗読の時間のあいだには、シャンバウ・ハウスのポーチにベーグルとコーヒーが置いてあって、食べ放題飲み放題だった。ピザとベーグルは、どこにいっても出てきた。アメリカにいるあいだに、わたしは何枚のピザと何個のベーグルを食べただろう。ベーグルは一日一つ以上食べたから八十個は食べた。ベーグルにピーナッツバターをつけて齧り、目の前で誰かがやっぱり、グレイトとか、ワンダフル、とか言うのを聞きつつ、そうそう、おもしろいよね、あれ、とヴァージニアも笑った（翌年の二月にイギリスに初めて行って、イギリスの人にこの話をしたら、そうね、わたしだったら、ノット・バッドとか、（低いだみ声で）ふぁーいーんー、とかかな、と言っていた）。

ここにいるあいだは、わたしたちの間にある言葉はアメリカの英語で、自分が普段しゃべっているのを置き換えているだけでなく、コミュニケーションの形も、そこから生まれる思考や感情も、その言語に影響される。そして、そこにいる社会や人やコミュニケーションのあり方によって、言葉も変わっていく。イギリスの英語とアメリカの英語が違うように。

トランスレーション・ワークショップでわたしの短編「ほんの、ちいさな場所で」が取り上げられたのは、その翌週だった。それまでにわたしが出席した回は、翻訳された作家も英語でディスカッションに参加していたが、わたしはローレルさんの隣に座って、ナターシャや学生の質問でわからないところはローレルさんに聞き、わたしの答えはローレルさんに通訳してもらった。

日本語には一人称で使う言葉がいくつかある、とわたしは話した。わたし、ぼく、おれ、わたくし……。性別や年齢でも違うし、一人の人が場面に応じて変えたりもするし、明確に決まっているわけではないがなんとなく決まっていて、その決まっているわけではないのに決まっているという矛盾というか曖昧さが特徴だと思う、というようなこと。

その前の年に読んだ片岡義男さんの日本語と英語に関するいくつかの本の中で、英語は主体が目的語に対して作用を及ぼすアクションの言語で、日本語はある状況に入っていく言語だと書かれていた。片岡さんとトークイベントをした際に、言葉がそうだから考え方もそうなるのか、考え方がそうだから言葉がそうなるのかと尋ねてみたら、考え方のほうが先ではないかとの答えだった。

「わたし」が状況、シチュエーションに応じて変わるとしたら、話し始める前から個人は立場によってある程度規定されているとも言える。男か女か、相手は目上か目下か（年上か年下か、とは少し違う）、そこは職場か家の中か、などなど。たとえば「俺さ」と一言書いただけで、その周囲がある程度想像できてしまう。

そのことについて考えていると、わたしは「I」という言葉が持っている響きというか意味というか、それが表すものを正確につかむことができていない、と思った。

トランスレーション・ワークショップについて、どうしても取り上げる言語が偏ってしまうよね、と参加した作家の誰かが言っていた。スペイン語やフランス語などメジャーな言語に偏ってしまって、マイナーな言語は、参加している作家には使う人がたくさんいるのに、めったに取り上げられない（日本語は、そういう意味ではメジャーな言語のまだ一つである。日本の文学も、たいていの人が誰か作家の名前をあげることができた）。一方で、アメリカは世界中の小国やマイノリティの文学も英語に翻訳して、その書き方を自分たちの文学に取り入れてしまう、結局は英語に、アメリカに飲み込まれてしまうのだと、話していたのは誰だったか思い出せない。


九月の終わり、シカゴ旅行から戻ったあと、わたしはオラシオ・カステジャーノス・モヤさんに連絡して、ダウンタウンのバーで会うことになった。コモンルームで話しているときにわたしが三日目のパーティーでオラシオさんに会ったと言ったら、ファンだと興奮気味に話していたヘンズリーとカルロスもいっしょに来ることになった。ホテルのロビーで待ち合わせて、オールド・キャピトル・ホール前の広々とした芝生を横切りながら、わたしは自分が読んだラテンアメリカの小説について二人と話した、というよりは、タイトルと作者名を列挙した。

時間が早いのでまだがらんとしているバーでビールを飲んでいると、オラシオさんが店に入ってきた。アートのコースで教えているという女性もいっしょだった。山盛りのフライドポテトをつまみにビールを飲みながら、わたしたちは英語で話した。ときどきは、彼らはスペイン語になることもあったが、ほぼ英語だった。ヘンズリーは、日常生活に困らない程度は話せるが英語がそんなに得意ではなさそうだったし、カルロスもネイティブのように流暢に話せるというわけではなかった。それでも、おそらくはわたしがいるから英語で、彼らは話していた。彼らは自分たちの言葉でもっと話ができるのに、不自由な英語で話してくれていた。

エルサルバドル出身のオラシオさんは、アイオワの冬はとても寒いと嘆いていた。雪が積もるような真冬は建物から建物のほんのわずかな距離を猛ダッシュするんだ、と身振りを示して笑わせてくれた。

その暑い国、生まれ育った国に帰ることができないとは、この寒い街で暮らしていかなければならないとは、どんなものだろうかと、オラシオさんの話を聞きながらわたしは考えていた。オラシオさんは、エルサルバドルから亡命していた。

アサイラム、エグザイルも、このプログラムに参加してから覚えた（知ってはいたが、言葉の内実とともに理解した）言葉だった。

二〇〇三年にプログラムに参加した日本の作家のエッセーにミャンマーの詩人が期間中に亡命したって書いてあったけど知ってる？　ブレッド・ガーデン・マーケットのテラスでランチを食べているときに、わたしはココに聞いた。うん、その詩人のことは知ってる、ミャンマーにはほかにも亡命した作家がいる、とココは答えた。ココ自身も政治的な理由で拘束されていた期間があると、他の作家から聞いた。

国に戻れない、国から出なければ身の危険がある、という状況を、わたしはまだ実感することができないでいる。図書館で検索すると、オラシオさんが東京に滞在していたときの日記らしい『Cuaderno de Tokio: Los cuervos de Sangenjaya』という本があり、予約をしたのだがなかなか連絡が来ず、アマゾンに注文したほうが先に届いた。英語とスペルが似た単語も多いし、大学のときに第二外国語でフランス語を取っていたので類推できる言葉もあって、わかるところを拾いながら読んでいった。イザカヤ、はよく出てきた。サシミ、ヤカタブネ、もあった。何度も出てきて気になった単語があったので、カルロスに聞いてみた。Nada ってどういう意味？

Nothing.

朝起きて、メールをチェックすると、寝ているあいだに日本からメールが来ていた。知人が亡くなった、という知らせだった。

その人はわたしと一つしか年が違わず、闘病中だったことも全然知らなかったから、それは予想もしていなかった知らせだった。最後に会ったときなにを話したのだったか、とわたしは記憶をたぐりながら、その日の授業に参加した。その帰り、オールド・キャピトル・ホールの前の広場を並んで歩いていたヴァージニアに、わたしは今朝知人の訃報を受けたと話した。そして、人間は自分がいつ死ぬか知ることができない、と英語で言おうとしたが、ヴァージニアは、ちょっと意味がわからない、と苦笑いしつつ首を捻った。言い方を変えてみたがやっぱり通じなかったので、人とは話したいときに話しておくべきだ、と言ったら、それはそうだね、いつ会えなくなるかわからないから、とヴァージニアは頷いた。

芝生や歩道にはピンク色の羽があちこちに散らばっていた。前の夜になにかイベントがあったらしかった。オールド・キャピトル・ホールからホテルへと下る坂はとても急で、気をつけていないと転びそうなくらいだった。

部屋に戻ってから、しばらく逡巡したあと、ツイッターに追悼の言葉を書いた。チポレで買ってきたボウルを食べて、寝る前にiPhoneを見ると、@のついたツイートが表示された。「おまえみたいな卑怯な人間にだけはなりたくない」。

ツイッターをやっていると、強い言葉を向けられることはたまにあって、たいていはそれを送ってきたアカウントは他の人に対しても似たような言葉を書いていたりするのだが、このときはそのアカウントを見ても、読んだ小説の感想や日々の暮らしについての穏やかな言葉が並んでいて、否定的な言葉はわたしに向かって書かれたそれ以外に見つけることはできなかった。わたしが亡くなった人のことを書いたツイートに対してなのか、なにかほかのことに対してなのかはわからなかった。一、二時間してまた開いてみると、そのツイートは消えていた。

反論や抗議をしたいわけではない。理由を知りたいわけでもない。ただ、日本から遠く離れた場所、日本語を話す人が周りにいない環境で、わからない英語で物事を伝えなくてはならない場所であまりにも明瞭に意味を伝えられたその言葉、数時間だけ存在したその言葉は、日本にいて読むのとはおそらく違った感覚が残った。

コモンルームにいるとき、誰かのノートパソコンでユーチューブの動画を流して音楽を聴くこともあった。そうしてあれこれといろんな曲に移り変わって行くのを聴いているうちに、ヤロスラヴァがソ連時代のロックスターの話をしていたことがあった。ココが、その人のことを知っていると言った。父親が北朝鮮の人で、若くして死んだ、と。

部屋に戻ってから、検索した。ヴィクトル・ツォイ。一九六二年生まれ。一九九〇年に交通事故で死去。若くして死んだことや年代から、連想したのは尾崎豊で、それからユーチューブにあったいくつかの動画や画像を観て、わたしが中高生の頃に活躍していた日本のいくつかのロックバンドや歌手と、服装も音楽も、スタジアムで熱狂する観客の姿も、似ていると思った。

まだソ連があったそのころ、そこにはロックなんて存在しないとわたしは思っていた。ポップミュージックもハリウッドみたいな娯楽映画も、ないと思っていた。ニュース映像で見た光景のように殺風景で画一的な商品しかなく、若者が楽しめるようなものはなにもないのだと、思い込んでいた。そこに自分が知っている日本とよく似た光景があるとは、考えたことがなかった。

ヤロスラヴァは、一度民謡らしい歌を歌ってくれたことがあった。ギターも弾かずに、ただ彼女の声だけで伝えられたその歌は、とても美しく、子守歌みたいだった。

二十九歳のヤロスラヴァに、レディオヘッドが好きなん？　と聞いてみたことがあった。なんでわかったの、とヤロスラヴァが言ったので、だってインスタグラムのアカウント名がトム・ヨークやし、と返したら、照れ笑いしていた。

カルロスとヘンズリーがよく歌っていた歌は、タイトルを尋ねて iPhone のメモ帳に入力してもらった。「Las Estrellas, Caramelos de Cianuro/Uñas Asesinas, Zapato3/De Música Ligera, Soda Stereo」。最初のがいちばんよく歌っていた曲で、アルゼンチンのロックバンドのヒット曲だと言っていて、マリアノもいっしょに歌っていた。誰でも知っていると言っていたから、なんとなく八〇年代くらいの歌かと思っていたら、二〇〇〇年ごろのだった。カルロスたちは三人とも三十代半ばだった。動画を見てみると、こちらもとても見覚えのある当時流行っていたメロコアっぽいスタイルのバンドで、ラテンアメリカはガルシア＝マルケスの小説の世界とは違うのやなあ、と、日本にニンジャがいなくて残念がる外国人みたいなことを思った。

ボブ・ディランがノーベル文学賞を受賞したのは、オレゴン大学で授業に参加するためにユージーンに到着した翌朝だった。

サンフランシスコの空港で七時間足止めされ、やっとユージーンにたどり着いたのはもう夜の八時ごろで真っ暗だった。空港からホテルに向かう送迎サービスの車は、乗り合いのワゴン車で、年配の女性が運転していた。

いちばんうしろに乗ったわたしたちの前には、学生らしい女子が二人座っていた。彼女たちの会話には、ところどころ、とても低い、唸り声みたいなのが混じった。アメリカの若い女の子たちの間では低い声で話すのが流行っている、と、その前にケンダルさんから聞いていた。あれはなんだろう、とよく教員同士で話す、と。一時流行った日本のホラー映画の「あああ～」という呻き声に似ている発声なのだが、その女の子たちは、まさに、そんな声でしゃべっていたので、わたしはケンダルさんの顔を確認するように見ると、頷きが返ってきた。彼女たちは別の州の大学院生で、オレゴン大学での学会かなにかに参加するらしかった。

もうひと組乗っていた体の大きな中年の夫婦が降りたあと、運転手と女の子たちは話し始めた。

「わたしは十一人きょうだいなんだけど」

と、女子学生の一人が言ったのがわかった。十一人？

「ほんと？　うちも十一人よ」

運転手の女性が答えた。

「へー。何番目？」

三人きょうだいくらいの口調で、彼女たちは話していた。

やっとたどり着いたホテルは、三階建てで煉瓦造りのかわいらしい家みたいな建物だった。十室ほどしかない部屋にはそれぞれ、作曲家の名前がついていた。わたしの部屋はプッチーニだった。クラシカルな真鍮の鍵でドアを開けて部屋に入ると、プッチーニの曲が流れ、赤いビロードの椅子や年代物の洋服ダンスなど、美しく整えられていた。

アメリカ滞在中は部屋運がまったくなかったが、プログラムとは別で宿泊したこのホテルだけはすばらしく、ここに泊まるためだけにもう一度オレゴンに来てもいいとさえ思った（そして実際、五か月後、わたしはこのホテルに再び宿泊した。そのときの部屋はモーツァルトだった）。

目が覚めてスマートフォンを確かめると、ボブ・ディランがノーベル文学賞を受賞した、というニュースが目に入った。そして、WhatsApp のＩＷＰ参加作家のグループチャットにはすでに、なぜ今ボブ・ディランなのか、先に受賞すべき作家がいくらでもいるんじゃないか、との言葉が並んでいた。レナード・コーエンのほうがふさわしい、と誰かが書いていた。そのときにリンクがはられていたユーチューブで、わたしは「ハレルヤ」が、元々はレナード・コーエンの歌だということを知った。ジェフ・バックリィの歌がそのカバーだったことを、そのとき初めて知ったのだった。

朝食を食べに降りたレストランで顔を合わせたケンダルさんは、ボブ・ディランの受賞をよろこんでいた。同じミネソタ出身だと、ケンダルさんは言った。わたしはボブ・ディランが好きなのでよろこんでいる人がいて安堵したが、そのあとに会った人たちも、たいてい、釈然としない様子だった。なぜ今？　大統領選に対する牽制？　ほかにたくさん候補がいたと思うけど。

イベントで、自分の小説を読む前に、ボブ・ディランへのお祝いの言葉を述べて（「congratulations」と複数のsを忘れなかった）、「All I Really Want to Do」を朗読した。ボブ・ディランの歌詞で、それがいちばん好きだった。英語で読みながら（自分の小説を朗読するよりもうまく読めた）、おおーる、ああーい、りりー、わな、どぅうーうーうー、とわたしが歌うとき、わたしはその意味を、歌詞カードの対訳、それからそのあと自分で辞書を引いてみた日本語に置き換えて理解しているのだろうか、それとも何度も歌ったからそれはすでに英語の、その言葉のまま体の中に入ってきているだろうか、と考えていた。

英語が堪能な（すごくきれいなクイーンズ・イングリッシュだとケンダルさんも言っていた）

ヴァージニアがくれた彼女の短編の英訳が五つ入った冊子には、翻訳者の名前があった。ヴァージニアはなぜ英語で書かないの？　とわたしは聞いてみた。

二〇〇九年のＩＷＰに参加した董啓章《トンカイチュン》さんの東京大学での講演に行ったとき、香港は小説の市場規模がとても小さいという話を聞いた。香港の映画が世界中で知られているのに比べて、香港の小説というのをわたしは今までに読んだことがなかった。香港で使われている広東語ではなく、英語で書けば、読者の数は増える。読んでもらえる機会も増える。ヴァージニアの英語力なら、じゅうぶん小説は書けるように思ったし、翻訳だって自分でできるのではないかと、わたしは思ったのだった。

なぜ英語で書かないの？　という質問に対して、ヴァージニアは、英語はわたしにとってエモーショナルな言語じゃないから、と即答した。今後も英語で書くつもりはない、と。

それを聞いたとき、では、わたしにとってエモーショナルな言語は日本語なのだろうか、とまず思った。

アイオワに来てから、英語を頭の中で日本語にして理解するとき（だんだんと英語のまま受け取って返すことができるようになっていったが最初の頃はとくに置き換えて考えていた）、それはなんとなく大阪弁になっていた。会話だから、というのも大きかったと思う。そして、日本語が話せない毎日の中で、自分が話したいと思うのは、話したいと体の奥から湧き出てくるのも、いつも、大阪の言葉だった。日が経つにつれ、共通語は、どんどん思い浮かばなくなっていった。

どれぐらい違っていれば方言か別の言語かという明確な境目はなく、大阪弁が共通語の日本語から、ほかの言語と比べてどれくらいの距離なのか、わからない。単に語尾の響きやイントネーションだけでなく、コミュニケーションの取り方や時制も違うと思うし、それは話す人の思考回路にも確実に影響を与えているとは思う。

東京に住んで時間が経てば、わたしは共通語をもっと使いこなせるようになると思っていた。ところが、十年が過ぎて、共通語を話すときに感じる違和感はかえって大きくなっていった。東京に移る前から、わたしは相手に合わせて話す癖があったし、特に仕事の場では大阪弁を使わないようにしていて、インタビューなんかでは「大阪弁じゃないんですね」と毎回のように言われるくらい、話すことはできているが、その言葉が自分の内側にある感覚、伝えたい感情を表せているとは、思えなかった。話す度に、これじゃない、もっと別のこと、と思うのだが、口から出る言葉に中身も引きずられて、感じていたこと考えていたことが発した言葉によって消えてしまうような感覚にさえ、何度もなった。

では大阪弁をしゃべっているとき、同じ言葉をしゃべっているもの同士で、そうやん、そやろ、と難なく共感を得ることができるのは、それははたして、理解し合えているのだろうか、コミュニケーションなのだろうか、と思うこともある。楽をしているだけではないのか、手を抜いてわかったような気分を共有しているだけではないのか、と。

かといって、大阪弁を小説に書くときには気楽で自然に書けているわけではなく、共通語以上にどこまで通じるのか、どう書き表すかと、いっそう注意深くなる。

奇妙なことに、大阪弁を共通語に置き換えた言葉よりも、英語で近い意味の言葉のほうに、近さを感じることもあった。余計な先入観がないから、その使われた場面が自分にとって体感というか実感を伴うものであれば、それは「エモーショナル」になるのかもしれなかった。第一言語やそれに近い言葉だけがエモーショナルとも限らない。

ケンダルさんが担当している日本語の翻訳クラスの学生たちが、わたしの小説を朗読劇として彼らが翻訳した英語で演じてくれたとき、わたしがそこに書いたことは通じていると思った。大阪弁で書いた台詞を英語で熱演する男子学生を見ていて、共通語に書き換えたものを読むよりも、わたしが伝えたかった感情はここにある、と確信が湧いたのだった。

わたしが思考する言葉。わたしが表現する言葉。伝えるときに用いる言葉。うまく話せていない、伝えられていないと感じる言葉で書こうとすることには、意味があると思う。ある言葉に別の言葉の感覚を持ち込んで、その齟齬や隙間に、言葉で表現しようとする動機があるとも思う。

話し言葉と書き言葉の違いもあるが、たとえば大阪弁は共通語と時制の表現が少し違うのではないかとわたしは考えていて、それを共通語に折り込むことはできる。ラリーのように続けること自体を重視する会話のリズムも、ある程度は生かせる。

わたしは小説の会話文を共通語でも大阪弁でも書くし、地の文はほとんどを共通語で書いているので、自分にとってのエモーショナルな言語、この言語で小説を書きたいと思うのは「日本語」か「大阪弁」かはっきりと分けられることではないが、少なくとも、母語、このプログラムの中でも何度か話題に上った「マザー・タン」は、「日本語」というよりも「大阪弁」だ、という思いは、英語の中で暮らしていて、強くなるばかりだった。

しかし、文字の意味の通りのわたしの「母」もそして「父」も、大阪弁の話者ではなかった。二人とも西日本出身ではあったし、大阪で長く暮らして、大阪弁に近い言葉を話すようにはなっていたが、わたしが大阪弁を話す人と会話をしていて感じるコミュニケーションの容易さは、父母に対して感じたことはなかった。むしろ、親子なのに言葉が違うとは、子供だったわたしも子供を育てていた彼らも考えていなかったから、同じ言葉を話しているのに、通じるはずなのに、というもどかしさからくる軋轢のほうが大きかった、と、この仕事をするようになってからわたしは気づいた。

では、わたしの「母語」は、誰からきたのだろう。誰から受け継いだ言葉で、わたしは話したい、書きたいと、こんなに強く思うのだろう。

十月十五日、エフィジー・マウンズという州境の墳丘にハイキングに行った。プログラムの終わりにあるワシントンDCとニューヨークへの旅行を除けば、アイオワでの皆での遠出は、それが最後だった。そこには、ネイティブアメリカンの遺跡があるということだった。

いつものように車に分乗した。わたしの隣は、右がルエル、左がチェウォンだった。もう話す機会も残り少なくなってきたし、それまであまり話したことのなかったルエルに話しかけてみようとわたしは思った。

ルエルの住むガイアナは、南米、ベネズエラの隣に位置するが、公用語は英語だった。カリブ海の島国、トリニダード・トバゴやジャマイカなどと文化圏としては近い（地理的に並んでいるベネズエラ、スリナム、仏領ギアナとは、旧宗主国によって残酷なまでに言語が分かれている）。英語が公用語になっている国の人の英語は、概してわたしには難しかった。そして、ルエルは、参加者の中でももっとも話しにくい一人だった。

窓の外にひたすら続く、もうほとんどは収穫の終わったとうもろこし畑を見ながら、わたしは言ってみた。

「ギアナの風景って、どんな感じ？　こういうのとは違う？　わたしは、大きな街で育ったから、こういう水平ばっかりの景色って見慣れなくて」

テレビの紀行番組で何度も観たギアナ高地の名所であるテーブル・マウンテンやエンジェル・フォールはガイアナの西隣のベネズエラにあるが、あんな感じの熱帯雨林なのだろうかと思いながらわたしは聞いた。違う、とそのあとなにか二言三言続けたあと、日本の歴史に興味がある、と、ルエルが言った。え、ほんとに？　歴史って？　いつの時代？

ノブナガ。

確かに、ルエルははっきりとそう言った。

センゴク。

え、まじで？　戦国時代？

トヨトミ。トクガワ。

めっちゃ知ってるやん！　わたしの出身地は、大阪っていうところで、トヨトミが建てた城があるよ。

知ってる。

えー、まじかー、なんで興味持ったの？　ルエルは説明してくれたが、そこは詳しくはわからなかった。歴史研究者の知り合いがいるとは言っていたと思う。ノブナガのことを書いた宣教師の日記があるの知ってる？　うん、読んだ。へえー、そうかあ、そうやったんかあ。

エフィジー・マウンズは紅葉が美しく、ハイキングコースを上って見晴らしのいい場所へ出ると、蛇行したミシシッピ川が見渡せた。ときどき小雨が落ちてくる曇りの日で、川も靄の向こうで灰色に見えた。

下りてくるときに並んで歩いていたヴァージニアは、『清須会議』がおもしろかったと話して、それから竹脇無我と栗原小巻が主演の『二人の世界』というテレビドラマを若いころに熱心に見た、と教えてくれた。オープニングテーマもそのタイトルバックもとてもよく覚えている、とヴァージニアは言った。木下惠介演出、山田太一脚本のそのドラマを、わたしは知らなかった。香港で五輪真弓が人気があるというのも、そのとき聞いた。

行きとは少し違う組み合わせで車に分乗したあと、わたしたちの車を運転するマークがどこかの街に寄って食事をしないかと提案し、わたしたちは同意した。少しくらい遅くなってもだいじょうぶだから、とそのときは皆で過ごしたい気持ちが大きかった。

三十分くらい走って、小さな町に着いた。川の畔で、土産物屋やレストランが並ぶ、アメリカ映画のセットみたいな、テーマパークなら「アメリカ町」と名付けられそうな風景のところだった。

午後四時ごろだったから、ログハウスふうの広いレストランにはほかの客は二人しかいなかった。客は二人しかいないが、店の奥にあるステージでは、初老の男がアコースティックギターを弾いてカントリー・ソングを歌っていた。うしろの壁には、山と川と蒸気船の風景が描いてあって、銭湯の壁画みたいだと思った。

ステージの上、歌っている男の傍らに座る老女は、彼の妻、もしかしたら母親だったかもしれない。そのぼんやりした表情からして、認知症か、なにかの病気を患っているように思われた。彼は、歌い終わると、彼女のほうにかがみ込んでやさしげに話しかけた。彼女にはほとんど反応がなかった。彼は、次の曲を歌い始めた。

わたしたちは、ハンバーガーとかフライドポテトとかコーラとか、いかにもアメリカな食べ物を頼み、運ばれてきた予想通り巨大なサイズのそれを食べた。そのあいだに、ステージの男は歌い終わって拍手を受けて、老女の手を取ってゆっくりとそこから降りた。

エロスが囃し立て、ココがステージに上がった。わたしたちは、拍手と歓声を送った。三曲、ココは男に借りたギターを弾いて歌った。フォークソングという感じの曲で、誰かの歌なのか、ココのオリジナルなのかわからなかった。アサイラム、という言葉を、わたしはふと思い出した。

帰りの車が走り出して間もなく、日が暮れた。天気の悪い日だったから、暗くなるのは早かった。途中、どこかのちいさな町を通ったとき、そのメインストリートに出店のテントが並んでいた。暗いそこに目を凝らすと、「RED HOT CHILI FESTIVAL」と横断幕があった。真っ暗な中で人々が、唐辛子そのものや、唐辛子を使った料理や、唐辛子をつかった飾りなどを売っているみたいだった。

　辛いものが大好きなココに知らせたかったが、ココは後部座席で眠り込んでいた。八月にお昼を食べに入った「ＯＳＡＫＡ」という名前の中華レストランで、ココは「この店で可能な限り辛くして」とラーメンを注文し、出てきた真っ赤なラーメンを辛さが足りないと言いながら食べていた。


　アイオワ滞在の最後の土曜日、お昼ごはんを食べに行かないかとウラディミルに誘われて、わたしはロビーへ降りた。いつも誰かが待っているソファには、ユシが先にいた。その傍らには、ケースに入ったギターが置かれていた。

「Is this yours?」

「No, obviously」

　obviously、はこういうときに使うのやな、とわたしは学習した。これが小説だったら、わたしはどう訳すだろう。違うよ、明らかに。見ての通り。見たらわかるやん。違うに決まってるじゃん。んなわけないやん。

　ギターは、メキシコからの留学生のアンドレアがヘンズリーに貸していたものだった。ユシ経由でギターを返してもらったアンドレアが車を運転してわたしたち三人を連れて行ってくれた店は、ロードサイドにある小さなモールのメキシコ料理店だった。簡素な店にいる客はほとんどがスパニッシュで、メニューもスペイン語しかなかった。店の半分は、メキシコの食材を売っていて、大量の真っ赤な肉と、色の濃い野菜が並んでいた。レジカウンターの横に置かれたドリンクの冷蔵庫には、「Jarritos」と書かれた瓶入りのジュースがぎっしり並んでいた。子供のころに駄菓子屋でよく飲んだみかん水に、見た目も味もよく似ていた。

カルニタス、バルバッコア、それから初めて見る名前のなにか。チポレで頼んだら十ドル以上にすぐなるが、三ドルもしなかった牛肉のバルバッコアのタコスは、おいしかった。その店が、アイオワで食べた中で、いちばんおいしいとわたしは思った。だけど、もう一度来る時間は、わたしたちには残されていなかった。

その日の夕方、いつも皆が飲みに行っていた、特にココは居座りすぎて店主とけんかするまで毎晩飲みに行っていたジョージズ・バーへ歩いて行くとき、ハイ・グラウンド・カフェの前のピアノで男の人がピアノを弾いて、歌っていた。

ハレルーヤ、ハーレルーヤ、ハーレルヤ、ハーレルーウーヤ。

レナード・コーエンの。と、そのときのわたしは思った。だけど、ジェフ・バックリィのだったかもしれないし、ほかの誰かのだったかもしれないし、その人自身のだったかもしれない。

初出

公園へ行かないか？　火曜日に	「新潮」2017年5月号
ホラー映画教室	「新潮」2017年7月号
It would be great!	「ちくま」2017年2月号
とうもろこし畑の七面鳥	「新潮」2017年9月号
ニューヨーク、二〇一六年十一月	「新潮」2017年11月号
小さな町での暮らし／ここと、そこ	「新潮」2018年1月号
1969　1977　1981　1985　そして2016	書き下ろし
ニューオーリンズの幽霊たち	「新潮」2018年6月号
わたしを野球に連れてって	書き下ろし
生存者たちと死者たちの名前	「文學界」2017年3月号
言葉、音楽、言葉	「新潮」2018年3月号

上記の作品を、加筆、修正の上、収録いたしました。

著者紹介

1973年大阪府生まれ。2000年に刊行されたデビュー作『きょうのできごと』が行定勲監督により映画化され話題となる。07年『その街の今は』で芸術選奨文部科学大臣新人賞、織田作之助賞大賞、咲くやこの花賞、10年『寝ても覚めても』で野間文芸新人賞、14年に『春の庭』で芥川賞を受賞。小説作品に『ビリジアン』『パノララ』『わたしがいなかった街で』『週末カミング』『千の扉』、エッセイに『よう知らんけど日記』『よそ見津々』など著書多数。

公園《こうえん》へ行《い》かないか？　火曜日《かようび》に

発　行……2018年 7 月 30 日

著　者……柴崎友香《しばさきともか》
発行者……佐藤隆信
発行所……株式会社新潮社
〒162-8711　東京都新宿区矢来町71
電　話　編集部03-3266-5411
　　　　読者係03-3266-5111
http://www.shinchosha.co.jp
印刷所……大日本印刷株式会社
製本所……大口製本印刷株式会社
乱丁・落丁本は、ご面倒ですが小社読者係宛お送り下さい。
送料小社負担にてお取替えいたします。
価格はカバーに表示してあります。

ISBN978-4-10-301833-9　C0093